문수봉
소설집

영혼을 잃어버린 남자

"이 소설은 문학성보다는 체험을 통해 얻은
삶의 희로애락을 그린 대중소설이다"

청어

축하의 글

임원식

(광주광역시 예총회장·문학박사·시인)

초여름의 환한 햇살이 마음속까지 산뜻하게 밝혀주는 계절이다. 오랜 벗으로 지낸 문수봉 아우님께서 세 번째 소설집을 출간한다는 소식에 여간 반가웠다.

문수봉 작가는 글을 쓰며 작품 속에 등장하는 다양한 인물이 되어 감정이입을 했을 것이다. 공무원 생활을 은퇴하고 뒤늦게 문학에 빠져들어 시와 수필, 소설까지 등단한 그는 이번 소설집에서 한껏 자유로운 필치를 펼치고 있다.

사업가이자 문학가로 다재다능한 문수봉 작가는 늘 겸손을 잃지 않으며, 변함없는 꾸준함으로 성실한 사람이다. 그런 그가 묵혀왔던 글쓰기를 실행에 옮긴 것에 큰 박수를 보낸다.

누군가를 온전히 이해하는 일은 겉으로 드러난 단편적인 부분으로 가능한 것이 아니고, 그의 생각과 행동을 자세히 들여다보아야 하듯이 일상적인 이야기들을 상상을 통해 구현하고 있다.
　나는 그의 소설 속에 빠져들어 나를 찾고 우리를 찾을 수 있었고, 나도 모르는 사이 마음이 치유되는 위안을 받았다.

　문수봉 작가의 소설집 상재를 진심으로 축하드리며, 『영혼을 잃어버린 남자』를 만나는 모든 이들이 그의 섬세한 언어의 온기를 느낄 수 있기를 바란다.

작가의 말

소설을 써보겠다 생각하고 실행에 옮기지 못한 것이 오랜 시간이 지났다. 머리로는 쓸 것도 같은데 체계적으로 배우지 못했다는 자괴감으로 붓을 손에 대지 못한 것이다. 그러다가 지인이 글을 쓸 수 있는 용기를 주었다.

그것은 계획을 세우지 않고 머릿속에서 생각나는 대로 그냥 써 보라는 것이었다. 누군가에게 이야기하듯 쓰되 지루하지 않게 쓰라고… 그리고 수없이 고쳐 쓰라는 조언도 아끼지 않았다.

어니스트 헤밍웨이는 "모든 초고는 걸레다"라고 하면서 소설 『노인과 바다』를 수십 번 고쳐 썼다고 회상했다.

이 책에 수록된 글은 문학성보다는 체험을 통해 얻은 삶의 희로애락을 친구에게 이야기하듯이 종이 위에 그려보는 대중소설이라고 생각한다.

지금까지 원고지에 펜으로 쓰고 수정한 글들이 밤하늘의 무수한 별처럼 셀 수 없이 많지만, 묵묵히 워드 작업을 도와준 조점희 과장에게 마음으로부터 고마움을 표한다.

2025년 여름 장산재에서

글쓰기는 아무것도 아니다. 당신이 할 것은
타자기 앞에 앉아서 피를 흘리는 것이다.

― 어니스트 헤밍웨이

차례

축하의 글_ 임원식(광주광역시 예총회장·문학박사·시인) … 2

작가의 말 … 4

영혼을 잃어버린 남자 … 10
허공 속의 메아리 … 52
제3의 욕심 … 84
야자수에 가린 달빛 … 114
얄궂은 인연 … 138
자화상(自畵像) … 172

평설_ 일상적 이야기에서 삶의 의미 찾기 … 208
_ 문순태(소설가)

작가에게 눈물이 없다면 독자에게 눈물도 없다.
작가에게 놀람이 없다면 독자에게 놀람이 없다.

— 로버트 프로스트

영혼을 잃어버린 남자

1

 가을 햇살이 창문 사이로 쏟아져 들어오는 어느 날 오후, 점심을 먹고 들어온 사무실 직원들이 찻잔을 손에 받쳐 들고 옹기종기 모여 정다운 이야기들을 나누고 있다.
 직장이란 가끔 즐거움의 공간이 되기도 하지만 일에 찌들린 사람들의 고뇌와 고통으로 멍들어 아픔이 응어리진 곳이기도 하다.
 이제 10년 차 직장생활을 하고 있는 동현은 넓은 사무실에서 희망으로 부풀어 오른 미래의 아름다운 꿈을 꾸던 시기였다. 주위에는 나이가 비슷한 동료들도 있지만 대부분이 직장 선배들이다.

그리고 그의 뒷자리에는 항상 얼굴에 미소를 머금은 채 세상 돌아가는 모습을 말로써 그려내는 친구가 있었다.

열심히 일하고 많이 지껄이고 주변 사람들에게 호감을 갖게 하는 순수한 느낌이 드는 그런 사람이다.

붙임성이 좋은 그의 행동에서 친밀감을 느낄 때가 있었는데 요즘 부쩍 활짝 웃는 모습을 보면서 덩달아 주변 분위기도 즐거워질 때가 많았다.

여러 사람이 모여 조직 생활을 하다 보면 좋을 때가 있는가 하면 아무것도 아닌 일로 서로 미워하고 험담하는 것을 즐기는 직원들도 주위에서 심심치 않게 볼 수 있다. 다른 사람이 잘못을 저질렀을 때 서로의 성장을 위해서 비판하는 것은 좋지만 확인되지도 않은 일로 서로 지독한 비방을 하면서 구렁텅이로 밀어 넣으려는 사람들도 많이 있기 때문이다.

그렇게 직장생활은 때로는 즐겁게 성취감도 느끼고 보람된 삶을 살기도 하지만 고뇌에 찬 시간을 보내기도 한다.

비가 추적추적 내리던 어느 날, 평소에 말이 없던 직원이 내 곁으로 다가와 누군가의 흉을 본다. 요즘 조직 내에서 엄청 말이 많다는 것이다. 같은 부서에 있는 노처녀 직원과 정분이 나서 놀아나고 있다면서 유부남이 본처를 두고 몹쓸 짓을 하고 있기 때문에 여러 사람들이 입방아를 찧고 있어

듣기가 거북하다고 한다.

  동현은 그 사람이 그렇게 바람을 피우지는 않을 거라고 생각했는데, 그 소문이 어떻게 흘러나오게 되었는지 매우 궁금했다. 의자만 살짝 돌리면 등 뒤에 앉아 있는 그 이름 이민우, 수시로 세상 돌아가는 이야기도 하고 진한 농담도 했던 그였기 때문에 사실 여부를 확인하고 싶었다.

  "민우 씨, 요즘 미스 김과 연애한다는 소문이 들리던데 누군가 잘못 알고 한 말이겠지."

  "무슨 소리예요. 하느님이 화내실 말을 누가 그렇게 한 대요."

  "아니야. 나는 민우 씨 믿으니까 헛소문은 안 믿어."

  "빈총도 안 맞는 거보다 못하다는데 기분 나쁘네요."

  "헛소문이면 신경 쓰지 말아요. 자기 자신이 깨끗하면 그걸로 끝나니까."

  이렇게 그와의 대화는 끝이 났다. 동현은 이민우 그 사람은 아들 하나, 딸 하나를 둔 복이 많은 가장으로 절대로 그런 일은 없으리라 믿고 싶었다.

  그 일이 있고 3개월 후, 민우는 더 좋은 부서로 영전하여 떠났고, 동현의 머릿속에서 헛소문은 완전히 잊어버린 채 주어진 일에 최선을 다하면서 지냈다. 다만 그가 직장생활도 충실하게 하고 한 가정에 가장으로서 가정생활도 남부럽지 않게 잘하기를 마음속으로 빌어 주었다.

째깍째깍 시계추의 흔들림 속에서 계절은 바뀌고 세월은 훌쩍 흘러갔다. 어떤 때는 북풍이 쌩쌩 몰아치는 겨울을 보내고 또 다른 계절에는 신록으로 산하가 가득 차고 시간은 쉬지 않고 빠른 속도로 지나가는 것을 느낄 수 있었다.

민우와 헤어진 후 일 년쯤 지났을까. 그에 대한 안 좋은 소문이 떠돌기 시작했다. 결국 본처와 이혼하고 직장 내 노처녀와 결혼했다는 소식이 바람을 타고 귓전을 스치고 있었다.
본처는 하늘이 맺어준 인연인데 그 인연을 발로 걷어차고 새로운 여자와 결혼을 한다고…. 그럼 아이들과 본처는 어떻게 살아가라고? 남의 일이지만 안 듣는 것만 못했다.
들리는 소문에 의하면 20년 가까이 알콩달콩 살아왔던 본처가 남편의 마음을 돌리기 위해서, 다른 여자와 그렇게 살고 싶으면 집에 오지 않고 나가서 살아도 좋으니까 이혼만은 하지 말자고 무릎 꿇고 빌었다는 소문이 들려왔다.
그러면서 남편이 계속 직장생활을 이어갈 수 있도록 문제 삼지도 않겠다고 했지만 결국 이혼이라는 해서는 안 될 일을 하고 만 것이다. 사람들이 살아가면서 할 짓이 있고 하지 말아야 할 짓이 있는데, 민우는 사람의 탈을 쓰고 짐승처럼 본처에게 못 할 짓을 한 것이다.

한때 조직 내의 가까운 곳에서 직장생활을 함께했던 민우였는데, 동현은 가슴 아픈 소식에 며칠 동안 그 생각이 떠나지 않았다. 인간이란 시간이 흐르면 남의 일은 금방 잊어버린다. 새로운 일들이 산적해 있기 때문이다.

세월은 흐르는 물처럼 쉼 없이 흘러가고, 민우가 그 여직원과 재혼했다는 소식을 들은 지 40년이라는 긴 세월이 지나갔다.

동현은 이제 머리카락이 희끗희끗 노년으로 변해가고 있었고, 고등학교 시절부터 꼭 해보고 싶었던 글을 쓰기 시작했다.

글을 쓰면서 문학동아리에도 참여하고 문인들과 친분을 쌓으면서 제2의 인생을 산다는 생각으로 열심히 글을 읽고 쓰는 일로 부풀어 있었다.

동현이 문학에 심취하여 문학단체에 발을 딛게 되면서 새로운 삶이 시작되었다. 일 년이면 봄, 가을 두 번 발간되는 수필문학지이지만 회원들로부터 원고를 받아 편집도 하고 책이 출간되면 출판기념회도 하고 회원들에게 문학지를 발송하는 등 잡다 한 일에도 참여하고 있었다.

그 문학 동인회에서 만난 회원 선옥, 여자 쪽 부회장으로 열심히 살아가는 모습이 아름답게 보였다. 세월이 지나면서 동현은 남자 부회장으로서 회장을 보좌하며 회원들이 단합할 수 있도록 최선을 다하는 것이 그가 해야 할 일이었다.

그렇게 문단 활동을 하면서 오직 좋은 글로 책을 내 보고 싶다는 생각에 사로잡혀 있었다. 건강을 위해서 늘 하던 골프 운동도 잊지 않고 참여했다.

그즈음 매년 한겨울이면 따뜻한 열대지방으로 골프 여행을 다녀오곤 할 때였다. 문학지 발간도 끝내고 별로 할 일도 없는 시기였기 때문에 골프 애호가들과 필리핀의 세부에 있는 골프장으로 여행을 떠났다.

이번 여행은 동현의 인생에 마지막 여행일지도 모른다는 생각에 즐겁게 보내고 싶었다. 그곳은 가끔 열대성 소나기가 세차게 내리기도 하고 추적추적 이슬비가 내려 옷을 흠뻑 적시게 할 때도 많았다.

푸른 잔디에 골프공이 딱딱한 골프채에 얻어맞고 하늘 높이 치솟는 것을 보면서 환호한다. 마음속이 뻥 뚫리는 것 같다.

멀리 날아가는 조그마한 공을 보면서 갑자기 험한 세상을 힘들게 살아가고 있다는 부회장 이선옥이 떠 올랐다. 어쩌면 하늘에서 그녀의 통곡 소리가 비가 되어 내리는 것이라고 생각을 비약해 본다. 그녀가 머릿속에 떠오를 때면 시상이 하얀 종이 위를 미끄러지듯이 굴러간다.

하늘이 흐려지더니
비가 내린다
이슬비 사이로
여인이 나타난다
근심 가득한 얼굴에
눈물을 머금고
사랑을 잃어버린
그녀의 마음에
통곡의 비는
하염없이 내린다

골프는 푸른 잔디 위를 걸으면서 하는 운동으로 건강은 말할 것도 없이 좋고, 스트레스를 풀어 버리는 것도 최상이지만, 비가 내리면 칠 수 없기 때문에 골프텔에서 쉬면서 시간을 보내야 한다. 할 일 없이 방구석에 틀어박혀 있으면 자꾸 생각나는 것은 지나간 세월의 추억 속으로 빠져든다,

사랑하는 아내와 아들, 딸은 잘 있는지. 문학 동인회 문우들은 무엇을 하는지 궁금하기 시작했다. 태양은 서쪽 산으로 넘어가 어두워지고 창문밖에는 어둠 속에서 비가 내리고 마음은 허전해진다. 누군가에게 문자라도 하고 싶은 그런 밤이었다.

문득 언제나 잘 웃던 여자 부회장이 머릿속에 그려졌다. 잠시 생각에 잠겼다가 자신도 모르게 핸드폰의 전화번호를 찾아 글자판을 두드리기 시작했다.

"잘 계시오. 추위를 피해서 필리핀으로 여행 온 부회장 동현이요. 문학지 원고는 많이 들어왔는지 궁금해서 문자 올렸습니다."

이렇게 대화가 시작되었다. 심심하기도 하고 소식도 듣고 싶어서 문자를 했는데 바로 답장이 핸드폰 화면에 새겨지고 있었다. 언제 그곳에 갔는지? 거기는 열대지방이라 덥지는 않느냐구?

허전했던 마음이 문자로 채워지는 즐거움에 빠져들기 시작했다.

"원고는 잘 들어오고 있으며 편집도 문우들이 알아서 할

테니 걱정 말고 운동 잘하고 오세요."

바다 건너 머나먼 필리핀과 한국을 오가며 수많은 문자를 주고받았다. 외로울 때 문자로 허전한 마음을 달래주니까 묘약이라는 생각도 들었다.

"이제 내일이면 집으로 돌아갑니다."

마지막 문자를 날리고 조용한 시간을 보내면서 앞으로 문자 통신은 어려울 것이라는 생각에 조금은 아쉽기까지 했다."

"그곳으로 가면 문자는 끝나겠네요."

어딘가 서운한 마음이 들어서 하는 말이지만 외국에 있을 때 외로움을 달래주는 문명의 도구를 한없이 고맙게 생각하고 또한 마음이 설레면서 농담처럼 주고받았던 말들을 잊을 수 없을 것 같았다. 어느새 그녀는 사랑스런 여인이 되어 있었다.

마지막으로 무슨 말을 해야 할까 망설여졌지만 특별하게 하고 싶은 말을 찾지 못했다. 문자 통신을 끝내면서 머나먼 필리핀에서 위로가 되었던 일들이 주마등처럼 눈앞을 스쳐 지나갔다.

"앞으로 문자 하는 거 쉽지 않겠네요."

조금은 아쉽다는 마음으로 전하는 선옥의 마지막 문자,

"그렇게 될 것 같습니다. 하지만 문학동아리에서 만날 수 있으니까 너무 섭섭하다고 생각하지 마세요."

이렇게 문자는 끝이 나고 귀국길에 올랐다.

그리고 겨울이 끝나갈 무렵 우연하게 만남의 기회가 찾아왔다.

2

자연스러운 만남이었다.

"오늘 날씨도 좋은데 시외로 나가 볼까요? 바다가 있는 곳으로요."

그녀도 바다라는 말에 선뜻 따라나섰다.

"오랜만에 바다 구경 좀 하겠네요."

동현은 승용차에 선옥을 태우고 무작정 찾아 간 곳이 고창 동호해수욕장 모래사장이었다.

봄은 서서히 다가오고 있는데 서해안의 파도는 북풍의 영향을 받아 거칠게 몰아치고 있었다. 높은 파도가 밀려오면서 하얀 물보라를 모래바닥으로 내동댕이친다. 어쩌면 밀려오는 물결 속으로 뛰어들어 답답한 가슴을 흠뻑 적셔 버리고 싶은 심정이 되었다.

  그녀 선옥과 단둘이 아무도 없는 백사장에서 찬바람을 맞으며 걷고 있다는 것이 꿈속을 헤매는 것만 같았다. 서로가 할 말을 잊고 서먹서먹한 분위기가 잠시 연출되고 우린 서로 각자의 생각에 빠져 있었다.

  파도 소리를 들으면서 문득 필리핀에서 시상이 떠올라 하얀 종이 위에 써 내려갔던 「사랑스런 여인」이 생각났다.

어젯밤엔
유난히도 달이 밝더니
오늘은 아침부터
비가 내린다
바다 건너
저 멀리 고국 땅에는
아름다운 여인이
기다리는데
가슴속에
묻어둘 여인
눈앞에 아른거려
마음 아프네

같은 동인회 회원이라는 것 외엔 아무것도 알지 못하는 그녀와 단둘이 파도 소리를 들으면서 걷고 있자니 어떤 사람인지 궁금했다. 남녀가 만나면 가장 알고 싶은 것은 그 사람의 가정환경이나 살아온 과거가 궁금해진다. 동현은 다짜고짜로 물었다.

"애들 아빠는 무얼 하는 분이세요."

"없어요. 아들 하나, 딸 하나 키우면서 혼자 살았습니다."

갑자기 가슴이 울컥했다. 아직은 나이가 60대 후반으로 가정생활에 행복을 느낄 때인데 혼자 살고 있다니, 순간 무슨 말을 해야 할지 할 말을 잊었다. 위로를 해야 할까 격려를 해야 할까?

잠시 침묵이 흐르는가 싶더니 동현에게 질문이 던져졌다.

"젊었을 때 무슨 일하고 사셨어요."

"공직에 있었어요. 도청이요."

"애들 아빠도 그 직장에 있었습니다."

"그런데 왜?"

말끝을 맺지 못했다. 그녀는 잔잔하게 흐르는 물처럼 이혼 사연을 말하기 시작했다.

어린애들 둘을 키우면서 너무 힘들었다고.

신혼 첫날밤 숙소에서 결혼 전 애인에게 전화하는 것을 보면서 살아갈 앞날이 막막하기만 했다고 한다. 그날부터 앞이 보이지 않는 고통이 시작되었다고.

애들이 초등학교와 중학교를 다닐 때 남편은 직장의 같은 부서 아가씨와 바람이 났다고, 그리고 이혼을 요구하기 시작했다. 바람난 여인과 딴 살림을 하면서 가끔 집에 들어오는 날이면 갖은 욕설을 하고 심하면 구타까지 하면서 그녀의 입에서 이혼하자는 말이 나오기를 기다렸다. 고난의 시간이었다.

그러니까 이혼을 하기 위해서 온갖 못된 짓을 한 것이다. 이야기를 들으면서 짠한 마음 때문에 동정심이 일었다. 그녀의 삶은 행복보다는 항상 불행이 앞으로 먼저 나가곤 했다. 어린애들을 키우면서 삶에 지쳐 허우적거릴 때 찾아온 난데없는 불행의 씨앗. 가정에 충실하지 못했던 남편이 다른 여자를 알게 되면서 가정은 파국을 향해 달렸다.

아이들이 이제 막 사춘기에 접어들 나이인데 가정을 버리려고 하는 남편이 너무 원망스러웠다. 끈질기고 집요한 이혼 요구에 이것이 운명이라면 피할 수 없을 것 같다는 생각을 하면서 마지막으로 그 여자를 한번 만나보고 싶었다고 한다.

남편과 바람을 피우는 그녀를 어느 조용한 찻집에서 만나

애들을 키우고 있는 엄마의 어려운 형편을 이야기했다. 당신 때문에 남편과 헤어지면 우리 가족이 얼마나 불행해지겠는가 설득을 겸한 사정도 해보았다.

"정아 씨, 당신은 아직 미혼이고 앞으로 살아갈 날이 구만 리 같은데 어미와 자식을 생이별시키고 남의 가정을 산산조각 내면서까지 꼭 그 길을 가야겠어요?"

그녀는 아무런 관심도 없다는 듯 무심한 눈길을 이곳저곳으로 던지면서 어서 이 자리를 뜨고 싶어 하는 눈빛이었다고.

당신의 남편을 잊어야겠다는 말도 그 남자를 사랑해서 헤어지지 못하겠다는 말도 하지 않았다. 설득하려는 여인의 처지가 서글프고 아픈 마음은 잔잔한 파도가 되어 침묵을 가르며 허름한 찻집 시멘트 바닥으로 내려앉는다. 저녁노을 초가집 굴뚝에서 흘러나오는 하얀 연기처럼 깔리면서….

오직 이혼이라는 파경만은 막아 보겠다는 마음으로 애원의 말이 계속 이어지고 있었다.

"그렇게 해서 당신이 그 사람을 차지하고 살면 행복할 거 같아요? 그 남자가 당신의 인생을 송두리째 책임질 만큼 가치 있는 사람이라고 생각하고 있나요? 여러 사람 마음 아프게 하고 그 길을 굳이 고집하면 얼마 안 가서 금방 후회하게 될 거예요. 당신이 무엇이 부족해서 남의 가정을 파탄 내려 하는지 이해할 수가 없네요."

선옥은 절규에 가까운 목소리로 사정하고 있었지만 듣는 그녀는 계속 묵묵부답이다. 심장을 쥐어짜는 듯한 그 분위기를 더 이상 견디지 못하고 그녀와 헤어져 어떻게 집으로 왔는지 기억이 나지 않았다고 했다.

그리고 몇 개월이 흘러갔다. 다른 여자에게 정신을 빼앗긴 남편은 오직 이혼만을 줄기차게 요구했다. 견디고 버티고 하는 것도 한계가 있었다. 더 이상 버티지 못하고 이혼 법정에 들어가기 전에 마지막으로 헤어지는 것만은 다시 한번 생각해 보자는 이야기를 떨리는 마음으로 해보았다고 했다.

"광수 아빠, 다시 한번 생각해 볼 수 없어요? 보기 싫은 마누라를 생각하지 말고 딸, 아들, 두 아이를 생각해서 이혼만은…!"

"미친년, 그 처녀가 몸을 다 망쳤는데 너 같으면 그렇게 하겠냐."

자기 자신이 그녀의 인생을 망쳐놓고 뻔뻔하게 저렇게 말할 수 있는 사람이라면 더 이상 미련을 남기는 것은 어리석다는 생각으로 한 치의 망설임도 없이 돌아서기로 마음먹었다.

끝내 막장까지는 가지 말자는 선옥의 의지는 바람에 나뭇

잎 흩날리듯 슬픔만 안겨주고 막을 내렸다. 앞으로 두 아이를 책임지며 눈물 나는 일도 많겠지만 인생의 끝자락엔 웃을 수 있기만을 바라며 온몸을 삶의 불길 속으로 던졌다.

긴 세월이 흘러간 지금 선옥은 웃을 수 있는 여유를 가지고 있다. 성실하게 살아온 만큼 보기만 해도 예쁜 딸과 사위, 아들과 며느리는 자기가 몸부림치면서 험난한 인생길을 걸어온 피눈물의 대가가 아니던가.

긴 세월도 아닌 몇 년의 시간이 흐른 뒤, 남의 남자를 빼앗았던 그녀와 남편은 별거 중이라는 소문이 들려왔다고 했다.

이제 와서 생각해 보니 그 남자와의 이혼은 탁월한 선택이었다고 자기 자신을 위로하며 살고 있다. 주위 사람들은 인생의 험한 길을 힘들게 살아왔지만 최선을 다했던 불행한 여인에게 찬사를 보낸다고 한다. 그녀 인생의 대서사는 여기까지였다.

선옥의 기구한 삶의 역경을 들으면서 동현의 가슴은 먼 허공을 혼자 걷는 환상에 빠져들었다. 지금까지 이야기의 주인공이 누구인지 짐작이 가는 사람이 머릿속에 떠올랐기 때문이다.

40년 전 동현이 바람피우냐고 소문이 안 좋게 났더라고 물었던 민우라는 사람이 그 사람이 아닐까.

"혹시 그 사람 이름이… 이, 민, 우 아니요?"

순간 소스라치게 놀라는 선옥의 모습에 내 짐작이 맞았구나 했다.

"그걸 어떻게 알았어요?"

젊은 시절 그러니까 정확하게 40년 전 같은 사무실에서 근무했던 직원의 이혼한 부인이라서 순간 할 말을 잊었다.

어떻게 어떤 말로 위로해야 할지 도무지 생각이 나질 않았다. 이민우가 이혼할 무렵 동현이 근무하는 직장에서 같은 부서 여직원과 바람난 사건이 있었다. 그것도 세 쌍의 부부가 있었는데 그중 한 여인이 지금 동현의 눈앞에 서 있다.

공무원이 바람을 피우면 품위유지 의무 위반이다. 두 쌍의 부부는 모두 이혼하고 남자들은 직장을 그만두었지만 오직 한 사람만이 살아남을 수 있었다.

그것은 부인이 남편의 해임을 원하지 않았기 때문이었다. 커가는 아이들의 정서에도 그렇고 훗날 아들, 딸이 결혼할 때도 좋지 않은 영향을 미칠 것으로 생각해서 그렇게 했다는 것이다.

선옥의 천사 같은 마음씨가 가족 모두에게 큰 복으로 돌아왔으리라.

이혼하고 3일이 되던 날, 헤어진 남편의 친구로부터 전화가 왔다. 저녁이나 같이하자고.

"민우 친구 현석이요."

"무슨 일로 전화하셨어요?"

죽지 못해 사는 그녀에게 위로를 하려는 건지, 혼자 사는 여자라고 얕잡아 보고 유혹을 하려는 건지, 일단 속이 상했다. 이혼의 슬픔이 마음속에 켜켜이 쌓여있는데 그 위에 불을 지르려고 하는 그 남자가 죽이고 싶도록 증오스러웠다.

전화기에 대고 여러 말 하기가 싫었다. 전화 받을 기분이 아니었지만 어쩔 수 없이 받아야 했다.

"오늘 저녁 식사나 같이할까요?"

어처구니가 없었다. 혼자된 지 며칠이나 되었다고 수작을 걸어오는지 불쾌하기 짝이 없었다.

전화를 끊는다는 말도 없이 수화기를 내려놓아 버렸다. 슬픔이 가슴속으로 밀려들어 왈칵 눈물이 나왔다.

이제 애들과 험한 세상의 한복판으로 나아가야 한다. 수많은 남자의 유혹을 뿌리치고 더욱 강한 모습으로 거친 세파와 부딪쳐 싸워야 한다는 생각밖에 없었다.

이혼 후 어렵게 살아온 이야기를 잔잔하게 들려주었다. 낡은 아파트를 매입, 리모델링을 해서 팔고 필요하면 도배도

직접 하면서 애들 둘과 험난한 세상을 거칠고 힘들게 살아 왔다는 말을 들으면서 인간으로서 깊은 고뇌를 느낄 수 있었다.

 너무나 얄궂은 운명의 만남이라고 생각되었다. 선옥의 삶은 행복보다 불행이 화살처럼 앞질러 나간 것 같았다.

 "선옥 씨, 나는 유부남입니다. 그리고 나이도 먹을 만큼 먹었어요."

 "제가 이혼녀라고 신세 지고 싶은 생각은 없으니까 걱정하지 마세요."

 "그래도 지금까지 이야기를 듣고 무엇인가 도와드리고 싶은 생각이 듭니다. 어떻게 해야 할지 아직은 생각이 나지 않지만요."

 유부남인 동현, 오랫동안 살아온 본처와의 쌓인 정을 버릴 수는 없는 것이 조강지처가 아니던가. 마음을 조금 나누어 줄 수는 있어도 완전히 빼앗길 수는 없다고 생각했다.

 잠시 어색한 순간이 둘 사이에 조용히 흐르고 있었다. 그녀를 어떤 방법으로 도와주면 좋을까 생각했다. 지금까지 불행하게 살아온 삶을 행복으로 바꿀 수 있다면 내 자신을 희생해 보겠다고 마음속에 다짐을 해본다. 그리고 여자 혼자 살아가는 환경 속에서 하이에나처럼 찝쩍대는 '찝쩍남'들의 유혹으로부터 보호해주고 싶었다.

선옥에게 동현이라는 사람이 언제 죽을지 모르겠지만 내 생명이 앞으로 5년은 견딜 것이라는 말을 해주었다.

가정이 있기 때문에 온몸과 마음을 바쳐 행복하게 해줄 수는 없지만 최선을 다해서 행복은 이런 것이구나 느끼게 해주고 싶었다. 그래서 지금까지 살아온 불행한 삶을 조금이나마 보상해 주겠다는 생각을 한 것이다.

"5년이면 짧은 세월이지만 행복하다고 느끼면 행복할 거예요. 불행했던 과거의 일들은 모두 잊어버리고 새로운 삶을 시작해 봐요."

"그렇게 해볼게요. 너무나 감사해요."

그녀와 행복 만들기는 그렇게 시작되었다. 문학 동호회에서 동인지를 발간하게 되면 교정도 봐야 하고 편집도 해야 하기 때문에 자주 만남을 가질 수 있었다.

행복하게 해주겠다던 약속을 지켜야 할 텐데, 어떻게 하면 느낄 수 있도록 할 것인가 깊은 생각에 잠길 때가 많았다. 행복과 불행은 자기 마음속에 도사리고 있는데 자신이 어떻게 생각하느냐에 따라 달라진다는 것을 알게 할 수 있을지, 그녀와 약속을 했기 때문에 어떻게 살고 있는지 생활 현장을 보고 싶었다.

 어느 날 오후, 그런저런 생각을 하면서 선옥의 집을 방문할 기회가 생겼다. 여인 혼자 사는 집이라서 조그마한 아파트에 쓸쓸한 바람이 옷깃을 스치고 지나갔다.
 처음 방문이라 살고 있는 환경도 궁금했고 지금까지 어떻게 살아왔는지 내 눈으로 확인하고 싶었다.
 그녀와 세상 사는 이야기, 지금까지 살아왔던 소소한 이야기들을 조용하게 들으면서 안쓰러웠다. 처음 만났을 때 얼추 들었지만 실감이 가지 않았는데 막상 집에 찾아와서 들어보니 복잡했던 사연들이 눈앞에 어른거리면서 지나갔다.
 "선옥 씨, 아주 알뜰하게 살아왔군요."
 "저의 숙명임을 알고 나니 마음이 편안했습니다."
 이런저런 이야기를 주고받다가 방구석에 놓여 있는 골프채 한 개가 눈에 들어왔다. 어렵게 살면서도 아직까지 고급운동이라고 부르고 있는 골프를 쳤을까 깊은 생각에 빠져들었다. 그 채는 골프를 처음 배울 때 쓰는 7번 아이언이었다.
 "골프 치세요?"
 "아니요. 일주일 연습하다가 접었습니다."
 아파트를 리모델링하면서 벌어 놓은 돈도 있고 해서 운동

삼아 배워 볼까 생각했는데 누군가의 꼬임에 빠져 증권에 투자했다가 모아 두었던 돈을 모두 날려 버렸다고 한다.

"지금은 돈이 없어 접었어요."

운명은 이 여자 편이 아니라는 생각이 들었지만 골프는 건강에 좋은 운동이니까 다시 시작해 보라고 권해보고 싶었다.

"다시 시작해 보고 싶은 생각은 없나요."

"하고는 싶지만…."

말끝을 흐린다.

"지금은 경제적 여건이 안 돼 여유가 없어요."

그래서 건강에 아무리 좋다고 해도 할 수가 없는 형편이라고 했다.

"그럼 내가 도와줄 거니까 한번 해봐요."

동현은 이 운동이 조금은 그녀에게 행복을 안겨 주리라 믿고 싶었다. 골프 운동의 좋은 점을 설명하면서 어쩌면 불행했던 과거를 잊어버리고 이 운동에 빠져들 것 같은 생각이 머릿속을 스치고 지나갔다.

"선옥 씨, 골프는 세 가지 좋은 점이 있어요. 첫째는 다섯 시간 정도를 잔디 위를 걸으니까 다리 운동에 좋구요. 두 번째는 골프채를 휘둘러 온몸을 움직이니까 팔 운동뿐만 아니라 온몸 운동이 됩니다. 그리고 마지막은요. 내가 친 공이 골프채에 얻어맞고 하늘 높이 날아오르는 것을 보면서 그동안 쌓였던 스트레스가 확 풀리니까 이보다 더 좋은 운동이 있겠습니까? 성적평가도 자기 스스로 하는 이 세상에서 가장 신사적인 운동입니다. 열심히 해봅시다."

"하지만 저는 삶의 가파른 언덕길을 걷고 있잖아요. 남에게 신세 지는 것도 싫구요."

"걱정 말고 그쪽으로 한번 신경 써보세요. 새로운 세상이 보일 것입니다."

3

그날 이후 골프에 빠져드는 그녀를 보면서 겉으로는 평온한 것처럼 보였으나 일생을 살면서 불행에 찌들었을 텐데 진정한 행복을 찾기란 쉽지 않을 것이라는 생각이 들었다.

골프 운동을 시작한 지 몇 개월이 지나 문학 동호회에서 미얀마로 문학기행을 가게 되었다. 외국 여행은 언제나 설렘을 갖게 한다. 단체로 가는 여행이지만 선옥과 동현에게는 특별한 여행이었다. 그녀를 행복하게 해주기 위한 또 하나의 기회였기 때문이다.

미얀마에서의 짧은 여행은 보고 느낀 것들을 문학동인지에 작품을 발표하면서 잘 마무리되었다. 다만 그녀가 얼마나 즐거웠는지는 알 수가 없었지만 동현으로서는 최선을 다했다는 마음이었다.

그렇게 그녀와의 약속, 5년 동안 보살펴주겠다던 시간은 계속 어딘가를 향해 부지런히 뛰어가고 있다.

인간이란 사회생활을 하면서 서로 돕고 더불어 살아가는 공동체의 운명을 안고 태어난다. 도움을 주기도 하고 때로는 받아야 할 때도 있다.

깊은 산속에 조그마한 산장을 짓고 생활하는 동현에게는 필요에 따라 선옥의 도움을 받아야 했다.

일 년이면 몇 차례 지인들을 불러 식사하고 인생사는 이야기들을 나누면서 삶에 즐거움을 찾고 있던 시기였다.

아이들 엄마가 해야 하는데 몸이 불편해서 손님 접대를 할 수 없으니까 주방일을 하는 사람을 구해 하루 일당을 주고 시키던 때였다. 생판 모르는 사람을 불러다 일을 시키는 것도 그리 쉬운 일은 아니었다. 그래서 생각한 것이 선옥에게 부탁해 보았다.

"선옥 씨, 산장에서 손님 접대하는데 도와줄 수 있어요?"
"어떤 일을 하는데요?"
"밥 짓고 반찬 만들어 상차림 하면 돼요."
"그런 일 같으면 할 수 있을 것 같습니다."

어려운 부탁이라 거절할 줄 알았는데 의외로 빨리 동현의 청을 받아들였다. 아마도 그 정도는 해드려야 한다는 생각이 앞섰던 것 같다. 적당하게 일할 사람을 찾지 못했는데 잘되었다는 생각이 들었다.

산장은 비가 오면 운무가 산허리를 휘감고 밀려와 아름다운 천사가 날개옷을 펄럭이며 소나무 숲 사이로 춤을 추며 다가온다. 운무가 걷히면 다시 지상의 세계로 내려오는 듯한 느낌으로 살아가는 곳이다.

산장에서 손님 접대도 하고 풀 뽑기 할 때는 일손이 모자라는 데 힘을 보태고, 일주일에 한두 번 이곳저곳에 나무 심는 일도 거들어 주고 꽃 가꾸는 일도 즐거움으로 자신의 일인 양 열심히 도와주어서 고마웠다.

거기에다 공기가 좋고 120m 지하에서 올라오는 깨끗한 물은 사람들의 몸과 마음을 건강하게 해주기 때문에 산장에 오는 것을 좋아했다.

선옥은 조금씩 행복을 느끼는 것 같았다. 그렇게 느끼던 어느 가을날, 지인들과 점심을 먹고 즐거운 시간을 보낸 뒤 늦은 시간에 광주 그녀의 집까지 가려면 피곤할 것 같아 하룻밤 서재에서 자고 가도록 했다. 굳이 가겠다는 그녀를 잡아둔 것이 잘못된 선택이었을까?

깊은 산속에서 멧돼지와 고라니 등 산짐승들의 울음소리와 소나무 가지 끝을 스치고 지나가는 바람 소리에 왈칵 공포증을 느낀 그녀가 혼자 잠을 청하기가 어려웠을까? 동물들의 울부짖는 소리를 들으면서 느끼는 오싹함, 이런 경우 우린 같이 있을 수밖에 없었다.

그러나 동현이 아무리 늙었다고 하지만 남자이기 때문에 남녀가 같은 방에 있다는 것은 누군가가 알면 반드시 오해의 소지가 있을 것이라는 생각이 들었지만 무서워하는 그녀를 혼자 내버려 둘 수는 없을 것 같았다.

산짐승의 울음 때문에 그녀의 옆에서 잠을 청할 수가 없었다. 이런 생각, 저런 생각으로 잠을 이루지 못하고 깊은 시름에 잠기고 온갖 상상의 나래를 펼치고 있던 시간, 새벽 3시, 문을 두드리는 소리에 깜짝 놀라 출입문을 열었다. 이 깊은 산속에 누가 왔을까? 산장에서 반경 오백 미터까지는 사람이 살고 있지 않는 깊은 산속인데….

불안한 생각이 번개처럼 지나갔다. 남녀가 산속에 같이 있는 날이 많아지고 손님 접대를 하면서 여러 사람이 이상한 눈으로 주시하는 것을 보고 있으면 늙어서 바람피운다고 얼마나 수군거렸을까?

그 소문이 내 가족들의 귀에 들어갔을 것이라는 생각은 하고 있었지만 우리들의 순수한 마음을 이해해 줄 사람은 그리 많지 않았을 것이다.

"아빠, 문 열어봐."

문을 열자 시커먼 옷을 입고 방으로 성큼 들어오는 아들의 모습을 보면서 동현은 영혼을 잃어버린 남자가 되고 말았다. 머나먼 서울에서 그것도 새벽 3시에 깊은 산속으로 쳐들어 오다니 상상할 수 없는 현실이 눈앞에서 벌어지고 있었다.

그동안 애비가 바람을 피우고 있다는 말을 엄마로부터 전해 들은 아들은 여기저기 물어보고 소문도 듣고 해서 기습적으로 찾아온 것이다.

요즘 세상은 엉덩이를 보고도 사타구니를 보았다고 하는 시대인데 그런 사람들의 말을 믿고 아비를 지옥으로 밀어버리려고 왔다는 생각에 정신은 이미 동현의 것이 아니었다. 자기 아버지를 믿지 못하고 남들의 이야기를 전폭적으로 믿는 아들이 너무 야속했다.

평소 정직하고 거짓말 할 줄 모르는 애비라고 생각했더라면 "아빠, 이런 소문이 들리던데 정말이여?" 이렇게 물어봐 주었더라면 모든 것을 거짓 없이 다 말해주었을 텐데 주변의 떠돌아다니는 괴상한 소문과 남의 말하기 좋아하는 사람들을 더 믿고 한밤중에 찾아온 아들이 용서할 수 없이 미웠다.

 태어나서 마흔 살이 될 때까지 지 애비에게 반말을 지껄였던 아들, 얼마나 많은 사랑을 주면서 키웠는데 난데없이 찾아와 팔십 살에 바람을 피운다고 지 애비 가슴에 대못을 박고 있을까? 동현은 정신이 몽롱한 상태가 되어 혼돈 속으로 빠져들고 있었다.

 젊은 사람이 바람이 나서 새까맣게 어린 여자와 살림을 차린 것도 아닌데 이렇게 수모를 당하는 자신이 한없이 억울했다.

 아들놈이 선옥을 잠깐 나가 있으라고 내보낸 뒤 조용하게 들려주는 그 녀석의 말이 동현의 폐부를 갈기갈기 찢어 놓는 것 같았다.

 "아빠, 저 여자 상간녀 아니야? 유부남을 꼬드겨 이렇게 같이 있으면 우리 가정은 어쩌라고…"

 이미 넋이 나가버린 동현은 앞이 보이지 않는 어둠 속에서 허우적거리고 있었다.

 "저 상간녀 어떻게 할 거야."

"이놈아, 상간녀가 아니고 상생녀다. 손님 접대에 산장 가꾸는 일 등 나를 도와주는 도우미란 말이다."

가족이 알면 기분 좋을 리는 없겠지만 불쌍하고 안쓰러워 잠시 마음 써 준 것뿐인데 어쩌다 일이 이 지경에 이르렀단 말인가. 동현의 가슴속에는 이미 대못이 박혀 빠져나올 수 없는 나락으로 떨어지고 있었다. 세상 사람들은 싸늘한 오해의 눈빛으로 쳐다보면서 불행의 구렁텅이로 밀어 넣으려고 하겠지.

아들 녀석이 가정으로 돌아오라는 말을 남기고 문밖으로 나갈 때, 동현은 깊은 고뇌에 빠져들고 있었다.

말쟁이들의 말만 믿고 지 애비를 똥 친 막대기로 취급하는 아들, 이제 너와 나의 인연은 이것으로 끝났다는 생각을 했다. 순수한 마음으로 도움을 준 여자인데 지 애비를 그렇게 몰랐을까? 몇십 년을 같이 살았는데 몰라도 너무 모르는 것 같아 가슴이 답답해 왔다. 지금까지 살아온 인생이 결코 부끄럽지 않다고 생각했는데 앞으로 이 일을 어찌하면 좋을꼬….

아들 녀석이 방문을 열고 어둠 속으로 사라지는 것을 보면서 몸에서 빠져나간 영혼은 돌아올 기미가 보이지 않았다.

아들 녀석이 외쳐대던 "엄마는 어떻게 할 거냐고."

"아들아, 본처 버리고 잘된 놈 하나도 없다는데, 니 애비가 50년 동안 살아온 니 애미를 버릴 아빠로 보이더냐."

동현은 가슴이 무너져 내렸다. 선옥을 알고 지내면서부터 평소보다 가정에 더욱 충실했었는데, 지 엄마가 짐작만으로 말하는 입소문을 믿는 아들과의 인연은 이것으로 끝날 것이라는 불안감이 온몸을 휘감고 돌았다.

아들이 내뱉는 말에 깊은 상처를 받았지만, 동현은 여전히 무슨 일이 있으면 선옥에게 연락을 했고, 그녀는 말없이 산장 일을 도왔다. 그것은 동현의 성품이기도 하였다. 한번 약속은 반드시 지키고 세상을 진실되게 살아온 그에게는 허무하게 약속을 버릴 사람이 아니기 때문이었다.

동현은 생각의 미로에 들어갔다. 늙은 육신은 산장 연못가에 아름다운 미소를 살짝 띠고 앉아 있는 약사여래 부처님께 소원을 빌고 또 빌고 싶었다.

'부처님, 한 가지 소원은 들어주신다면서요. 긴 세월을 바른길을 걷고자 노력했던 이 불쌍한 영혼이 5년의 행복을 약속했던 일을 마무리하도록 소원을 들어주세요. 그리고 가족들이 의심의 눈길을 거두게 하시고 다시 이 애비를 신뢰하게 하소서.'

마음속에서 그녀와의 약속이 잊혀지지 않기를 바라면서 세월은 강물 흘러가듯이 그렇게 지나가고 선옥의 골프 실력도 나날이 발전하고 있었다. 사실 운동 삼아 하는 것이지 프로 선수가 되려고 하는 운동은 아니었기 때문에 편한 마음으로 하루하루를 열심히 노력한다고 하는 것이 맞는 이야기일 것이다.

오늘도 조그마한 공이 하늘 높이 날아간다. 골프채를 잡은 손끝에 전해오는 가볍고 청량한 소리, 적당한 탄도로 날아가는 공을 바라보는 짜릿한 쾌감, 오늘따라 골프채에 잘 맞는 공을 보면서 선옥은 해맑은 웃음을 짓는다.

그녀가 골프를 배운 지 이제 3년째 접어들었다. 스포츠 중에서도 가장 어렵다는 이 운동을 늦은 나이에 배워서 즐기는 모습이 약간은 행복하다는 느낌을 갖는 것도 같았다. 선옥이 함께 라운딩하는 사람들 모두가 구력이 이십 년 정도 되어 잘 치기 때문에 잘못 치면 민폐를 끼치고 창피하다는 느낌이 드는 것 같았지만 잘 견디어 내고 있었다.

골프를 잘 쳤든 못 쳤든 푸른 잔디 위를 18홀 돌고 나면 온몸이 땀으로 젖는다. 시원하게 샤워를 하고 식당으로 향할 때는 너도나도 기분 좋은 웃음이 얼굴에 가득하기 때문에 행복한 마음이 들기도 할 거라는 생각을 해본다.

누구나 마찬가지겠지만 작은 공 하나의 움직임에 따라 희비가 엇갈린다. 초보인 선옥은 기복이 심해서 주위 사람들의 눈살을 찌푸리게 하기도 하고 웃음을 자아내게 하기도 한다. 그러면서 골프의 경지에 도달하게 될 것이다.

골프도 그녀가 걸어온 인생처럼 만만치 않을 것이다. 여린 성격에 인생이 뿌리째 흔들리는 암초를 만나 무척 고생했다는 선옥이었다.

평범한 삶을 원했던 그녀가 암울했던 시기를 벗어나기 위해 얼마나 많은 고통을 인내해야 했을까? 점점 커가는 아이들을 부족하지 않게 키워야 했고 먹고살기 위해 열심히 뛰면서 입은 상처로 인해 많은 눈물도 흘렸다고 한다.

살아남기 위해 발버둥을 쳤던 그녀를 신은 외면하지 않았고 다행하게도 수많은 고난을 이겨내고 성실하게 살아온 보람을 두 아이의 성공적인 삶에서 느낀다고 했다.

지금 그녀는 행복하다. 세상 살기가 지루하다 싶으면 동해, 서해, 남해로 여행도 다니고 골프라는 운동이 어려워 골프 인구의 십 분의 일밖에 할 수 없다는 보기플레이(bogey play)도 이제 거침없이 하면서 세상을 즐기고 있다.

선옥은 말한다. 지금까지 꿈속을 헤매면서 살아왔던 것 같다고 했다. 이 행복이 죽을 때까지 이어가기를 바라면서 자기 인생에서 가장 아름답고 행복한 순간으로 하루하루를 보내고 있다고….

드디어 화양연화(花樣年華)가 시작된 것일까. 이제 그녀는 불행한 인생 여정에서 빠져나와 행복한 생활을 할 때가 된 것 같다.

인생의 쓴맛, 단맛을 모두 맛보았던 그녀의 눈동자 속에는 항상 우수에 젖은 듯 촉촉한 눈물을 머금고 있다. 마음속에 슬픔이 쌓이면 수시로 애처로운 눈빛으로 변한다.

누군가 자기를 싫어하는 것처럼 느껴지면 눈빛은 예리한 칼날처럼 경계 태세로 바뀐다. 그러다가 이내 깊은 절망과 고뇌로 침묵 속에 자신을 밀어 넣고 작은 몸집을 더욱 작아 보이게 웅크린다.

그녀는 그렇게 모나지도 두드러지지도 않게 오직 자식들을 위해 있는 힘을 다해 뜨거운 열정으로 살아오며 겪었던 크고 작은 일 때문인지 웬만한 일이면 그러려니 받아들인다. 부드럽고 연약하지만 결정적인 일 앞에서는 깊은 내공에서 나오는 단호함도 엿볼 수 있었다.

행복도 불행도 모든 것은 영원하지 않고 곧 지나가게 된다는 것을 그녀는 이미 알고 있었다. 이제 어둡고 긴 터널을 벗어나 안정된 삶의 길을 걷기 시작한 것이 골프에 빠져든

시점이다.

　오늘도 그녀는 푸른 잔디가 하얀 구름 아래 깔린 필드에서 공을 하늘 높이 쳐 올리며 즐거워한다. 옆에서 지켜보는 동현의 눈시울이 붉어진다. 선옥이의 행복해하는 모습에서 보람을 찾았기 때문이다.

　골프공은 잘 맞다가도 어느 날은 전혀 안 맞기도 하는 것이 인생살이와 많이 닮아있다. 운동이 끝나면 무릎이나 허리가 아무리 아파도 행복한 하루를 보냈다고 감사해 할 줄도 아는 여인이다.

　좋은 일도 궂은일도 새옹지마라는 말처럼 일희일비하지 않으며 살면 된다는 그녀의 생각에 동현은 찬사를 보낸다.

　선옥의 눈빛에선 슬픈 감정도 까칠함도 사라지고 본래의 부드러움과 따뜻함으로 바뀌었다. 그동안의 고난은 어디에서도 찾아볼 수 없다. 그녀를 잘 모르는 사람들은 고생이란 걸 한 번도 해보지 않는 사람처럼 밝아 보인다고 말하기도 한다.

　그녀와 동현의 첫 번째 행복 만들기는 여행이었다. 태국, 미얀마 등 동남아 여행으로, 때로는 강원도 산골 마을을 찾아 여가를 즐기면서 정신적인 행복을 찾아다녔다. 두 번째는 골프에 심취해서 정신을 빼앗길 만큼 열심히 운동하고 거기에서 육체적인 건강을 찾는 행복이었다.

짧은 인생이다. 젊은 날 열심히 일했으면 노후에는 즐겁고 행복하게 사는 것이 바른길이 아닐까 생각한다. 아파서 병원에 누워있지 않으려면 운동도 열심히 하고 친구들끼리도 잘 어울리는 삶은 행복하리라. 늙을수록 어떤 누구와도 소통할 수 있어야 하며 매사에 감사하고 자연에서 피어나는 꽃 한 송이까지도 사랑의 눈길로 바라볼 수 있는 마음의 여유가 있어야 한다.

지금 자기 인생의 화양연화라고 말하는 그녀처럼 지나가 버린 과거에 연연하지 않고 열린 마음으로 즐겁게 남은 인생을 마무리할 수 있는 능력을 가진 선옥, 앞으로 그녀에게 즐겁고 행복한 날만 가득하기를 동현은 마음속으로 빌어 본다.

세월은 눈앞에서 쉬지 않고 세상을 훔치며 흘러간다. 때로는 북풍한설에 쌩쌩 불어대는 바람을 타고, 때로는 산 위에 걸터앉아 서서히 흘러가는 구름을 보면서 그렇게 시간은 사라져 가는 것이다.

선옥과 동현이 만난 지도 벌써 5년이라는 세월에 가까워지고 있었다. 알뜰하게 보살펴주겠다던 약속의 시간이 문 앞에 다가왔다. 여행과 골프로 그녀는 만족했을까? 그 물음에 오직 선옥만이 답을 보낼 수 있을 것이다.

"지금까지 너무나 과분한 시간들이었습니다. 이제 내일 죽는다 해도 아무런 여한이 없을 것 같습니다."

말끝을 흐린다. 그녀는 사후세계를 생각하고 있는 것 같았다. 죽어서 편히 쉴 안식처를 만들고 싶어 한다. 동현은 혼잣말로 지껄여 본다. 살아서 행복했음 그걸로 만족해야지 죽어서까지 행복하겠다고.

"선옥 씨, 인간은 죽으면 땅에 묻히거나 화장하여 한 줌의 재로 끝나는데 무슨 의미가 있나요."

"그래도 저는 반드시 사후세계가 있다는 것을 믿습니다."

"그렇다면 우리 한번 머리를 맞대고 생각해 봅시다."

선옥의 세 번째 행복 만들기가 시작되었다. 시골 마을에 멋있게 지어 놓은 집 모퉁이에 30여 평의 땅을 마련하고 납골묘를 시공하는 석재공장과 협의를 거쳐 공사가 시작되었다.

이왕이면 예쁘게 만들어 그녀가 바라는 죽음 뒤 조용한 안식처를 조성해 보고 싶었다. 우선 묘역의 터를 닦고 땅을 깊이 파서 유골함과 부장품을 넣을 석실을 만들었다. 그 위에 잡풀이 살지 못하도록 부직포를 덮고 경계석으로 사면(四面)을 마감한 뒤 조그마한 돌들을 보기 좋게 깔았다. 네 귀퉁이에는 연꽃 문양의 돌꽃으로 모양을 내고 음식을 차려 놓을 수 있는 상석을 놓았다. 그 앞으로 그녀가 이 세상에 살다

갔음을 알려주는 작은 묘비석도 새겨 놓았다.

'수필가 이선옥의 묘'

맑은 영혼과 소녀 같은 감성으로 수필집 『그리움』을 남겼다.

마지막으로 힘들이지 않고 묘역으로 올라다닐 수 있도록 10개의 돌계단을 만들어 놓고 주변에 흰색, 빨간색의 꽃 철쭉을 빙 둘러 심으면서 공사는 순조롭게 끝났다.

앞이 탁 트인 곳에 묘역이 조성되어 주변 지형과 잘 조화를 이루고 있다. 동현은 마음이 흡족했다.

누군가에게 즐거움을 줄 수 있다는 자신의 생각 때문에….

사후 안식처를 조성하는 과정을 쭉 지켜보고 있던 선옥의 눈빛이 맑아지면서 빛이 난다. 눈 속의 동공이 커지면서 얼굴엔 얇은 미소가 나타나고 있었다. 동현은 오직 그녀가 행복했으면 하는 마음으로 유심히 그녀를 바라볼 수 있었다.

"선옥 씨, 사후 안식처 만들어 놓으니까 좋아요."

"그럼요, 이제 발 쭉 뻗고 눈감을 수 있어 더 이상 바라지 않아요."

그녀의 행복한 미소 뒤에는 지난날의 불행은 모두 묘지 속에 묻어 버렸으리라 생각되었다. 이제 그녀와의 세 번째 행복 찾기도 끝이 난 것 같았다.

째깍째깍, 시곗바늘은 계속 돌아가고 인생의 연륜도 해를 거듭하며 쌓여가고 있다.

　그녀를 행복하게 해주겠다고 약속했던 5년이라는 길고도 짧은 세월이 거의 끝나갈 무렵 동현에게도 시련이 찾아왔다. 인생 나이 팔십이 지나면 정신이 흐려지고 병마에 시달리면서 여러 가지 고통을 당하게 된다.

　동현의 곁을 지키던 선옥이 한마디 한다. 지금의 고통을 잘 이겨내야 또 다른 아픔이 왔을 때 잘 견딜 수 있다고….

　약속했던 날들이 지나면 가슴 아픈 이별을 해야 할 텐데 어쩌면 그녀의 마음속에 더 큰 상처를 안겨줄지도 모르는 슬픈 이별이 되고 말아야 할 그 순간을 어떻게 보내야 할까? 그동안 쌓인 정 때문에 동현의 가슴속에 맺혀있는 선옥과 함께 공유했던 감정들을 매정하게 떼어버리는 것은 상상하기도 싫었다.

　그렇지만 어쩌랴, 인간이란 만나면 반드시 헤어져야 하는 운명인 것을….

　"선옥 씨, 약속했던 5년이 훌쩍 지나가 버렸네."

　"너무 빨리 흘러가버렸네요. 꿈속처럼 행복하게 살아온 시간들이었습니다."

"앞으로 어떻게 했으면 좋을까."

"알아서 하세요."

선옥의 눈에 이슬이 맺히는가 싶더니 금방 눈물방울이 되어 볼을 타고 흐른다. 그동안 그녀를 위해 아낌없이 주었던 정을 거두어들여야 한다. 그리고 마음고생이 많았던 애들 엄마에게 돌아가야 한다는 생각 때문에 고뇌의 시간 속에서 눈물을 머금어야 했다.

선옥의 본 남편 이민우와의 인연 때문에 그녀의 불행했던 인생길에 조금이나마 즐거움을 안겨 주고 싶었던 동현.

그녀와 약속했던 5년 전 그날, 진정으로 감싸 안아주고 싶었던 그 마음이 주마등처럼 머리를 스치고 지나갔다.

"선옥, 우리가 약속했던 시간이 모두 흘러가 버렸지만 죽을 때까지 함께했던 시간들을 잊지 않을게."

동현의 가슴속에는 그동안 선옥과 지냈던 세월들이 고스란히 남아서 깊은 강물처럼 무심히 흘러갈 것이다.

동현은 마음속으로 중얼거려 본다.

"미안해. 죽을 때까지 행복하게 해주지 못해서 정말 미안해."

"괜찮아요. 저는 충분히 행복했답니다."

선옥이 이렇게 대답하는 것 같았다.

그녀와 웃으면서 이별을 해야 한다는 평소의 믿음대로 비록 눈가에 이슬 맺힌 눈물의 헤어짐이겠지만 수많은 미련을 남기고 동현의 곁을 떠나보낼 수 있다는 것이 또 다른 행복이었다.

이슬 맺힌 까만 눈을 보면서 헤어져야 할 운명, 헤어짐 뒤에도 인생을 즐기면서 살아가기를 비는 동현의 마음을 그녀는 알고 있을까?

동현과 선옥은 서로 헤어져도 앞으로 가끔 만나 골프 운동쯤은 같이 할 수 있을 것이라는 생각을 하면서 그렇게 인생을 마감하는 것도 나쁘지는 않을 것이라는 마음으로 5년을 마무리 짓기로 했다.

그들은 처음 만나 마음이 설렜던 동호해수욕장 모래사장에서 하얀 물보라를 일으키며 밀려오던 파도를 얼마나 가슴 설레며 바라보았던가 그 파도는 오늘도 거침없이 밀려오고 있을 것이다.

인생길에 굴곡진 삶의 언덕을 올라갔다. 내려가는 깊숙한 골짜기가 되어 마음을 아프게 한다. 이제 서로를 잊어야 할 시간이 찾아온 것이다.

"선옥 씨, 5년 동안 웃게 해주고 싶었는데…."

동현은 말끝을 맺지 못하고 꽉 막혀 버린 가슴속에 이별이라는 단어를 묻어두고 싶었다.

"동현 씨, 아름다운 마음을 아낌없이 주셨던 내 인생의 5년이 정말 꿈만 같았습니다. 내 인생에 다시는 오지 않을 화양연화의 시절이었습니다."

그녀의 가슴속에는 눈물이 강이 되어 깊은 골짜기를 흐르는 것 같았다.

그리고 그녀는 마음속으로 조용히 소리쳐 본다. 5년의 행복보다는 지금 이별해야 하는 상처가 너무 아프다고….

허공 속의 메아리

1

 햇볕이 따스하게 비추는 오후 시간, 조그마한 동네로 들어가는 길은 좁고 길다랗게 뻗어 있다. 그 끝에 둔덕 같은 낮은 산이 나타나고 주변으로 아카시아 나무들이 하얀 꽃을 주렁주렁 매달고 짙은 향 내음을 멀리멀리 발산하는 오월이었다.
 하영이는 이곳에서 처음 정을 준 여인을 만났다. 혜민이는 하영이 집에서 몇백 미터 떨어진 곳에 고래 등 같은 기와집에서 살고 있었다. 그렇게 예쁜 얼굴은 아니었지만 아담하게 자란 키와 제법 통통하게 살이 찐 그녀는 항상 얼굴에 미소를 띠고 있는 귀여운 소녀였다.

아직 고등학교 2학년인 그녀는 하영보다 1년 늦게 고등학교에 다니는 학생 신분이었다. 그들은 감수성이 예민한 나이에 아카시아꽃이 탐스럽게 핀 동네 뒷산에서 신록이 우거진 오월에 만난 것은 우연한 일이 아니었다.

그녀도 하영이와 같이 복스럽고 향기 좋은 이 꽃을 좋아했나 보다. 숲이 푸르게 변해가는 초여름 어느 날 저 멀리서 혜민이가 하영이 쪽으로 걸어오는 것이 보였다.

평소 모른 채 지나치던 사이였지만 오늘따라 얼굴에 미소를 머금고 있다.

몇십 미터 앞에서 오던 길을 뒤돌아 성큼성큼 걸어간다. 마치 어서 따라오라고 손짓하는 모습을 하면서.

하영은 갑자기 가슴이 쿵쾅거리기 시작했다.

그들이 만난 곳은 둔덕 뒤 움푹 패인 조용하고 사람들의 눈에 잘 띄지 않는 그런 곳에 자리를 잡았다. 그녀는 나무 밑 풀밭에 자기의 손수건을 깔아주면서 앉으라고 한다. 당황스럽고 떨렸지만 너무 고마웠다.

"혜민아, 오늘 무슨 일 있니."

"아니야. 오월이라 꽃도 예쁘고 기분 좋은 하루가 될 것 같아서."

날씨도 좋고 이곳의 꽃들이 너무 향기가 좋아서 혼자 찾아왔는데 뜻밖에 먼 발치에서 얼굴만 알고 지내던 하영이를 만나서 즐겁게 보내고 싶은 생각이 들었다고 한다.

평소 관심이 있던 그녀가 그렇게 말을 하니 온 신경이 곤두서며 순간적으로 혜민이에게 빠져드는 자신을 발견하고 앞으로 정을 흠뻑 주고 싶은 마음이 들었다. 그녀와 이런 얘기 저런 얘기를 하다가 책 읽는 이야기를 하게 되었다.

"혜민아, 너 요즘 학생들이 많이 읽고 있는 김형석 교수의 『사랑과 영혼의 대화』라는 책 읽어 봤어?"

"읽었어."

"어떤 느낌이 들었어?"

"그 책 읽고 일주일 동안 잠을 못 잤어."

"왜 그랬는데?"

"순수한 사랑 이야기이니까 그렇지."

"혜민아, 나도 그런 사랑 한번 하고 싶다."

"해봐. 하지 말라고 안 할 테니까."

"그런 사랑 하면 받아줄 거야."

"그건 생각해 봐야지."

둘은 멋쩍은 웃음으로 서먹서먹한 분위기를 벗어나려고 했다. 하지만 하영이는 자신감이 생긴 것 같았다. 이 정도면 혜민이가 자기의 사랑을 받아줄 것이라는 생각이 들었기 때문이다.

"혜민아, 우리 재미있는 놀이 할까?"

"무슨 놀이인데."

"아카시아 잎을 가지고 하는 거야."

"어떻게 하는 건지 말해봐."

"가위, 바위, 보 해서 이기는 사람이 한 잎씩 떼어내는 거야. 먼저 잎을 다 떼어내는 사람이 이기는 거야."

"이기면 뭐 해줄 건데?"

"서로 소원 들어주기로 하자."

"좋아."

잎 떼어내기 놀이는 혜민이가 이겼다. 이제 무엇을 갖고 싶어 할지 궁금했다. 하영이는 무엇이든지 그녀가 요구하면 다 해주고 싶었다.

마음을 달라고 하면 그렇게 할 것이라고 가슴을 조이면서 그녀를 바라보고 물었다.

"뭘 줄까?"

"책 한 권 사줘. 읽고 독후감 말해 줄게."

"어떤 종류의 책을 사줄까?"

"재미있는 소설책. 노벨문학상 탄 거면 더 좋고."

가정 형편이 어려운 하영이는 책 한 권 산다는 것도 쉬운 일은 아니었다. 그러나 그녀의 부탁이라면 무엇이든지 들어주고 싶었다. 어렵게 마련한 돈으로 보리스 파스테르나크의 『닥터 지바고』를 샀다. 이제 그녀에게 전해주어야 한다.

하영은 책을 들고 혜민의 집이 잘 보이는 골목길 끝에서 서성거렸다. 그 시절엔 집집마다 전화가 있지 않던 때였다. 그래서 무작정 기다려야 했다. 먼 발치이지만 그녀가 보면 바로 찾을 수 있도록 잘 보이는 곳에서 기다리기로 한 것이다. 반드시 언젠가는 집 밖으로 나올 것이라는 것을 확신하면서…. 두어 시간쯤 지났을까, 대문을 막 열고 나오는 그녀를 불렀다.

"웬일이야?"

"책 샀어. 너 주려고."

"무슨 책이야?"

"집에 가서 풀어봐."

"고맙다, 하영아. 잘 읽고 얘기해 줄게."

"나중에 보자."

둘은 그렇게 헤어졌다. 언제 만날 것인지 서로 기약도 하지 못한 채, 하영이는 혜민이 생각으로 날이 새고 또 하루하루가 지나갔다. 가슴속에 혜민이의 정을 듬뿍 간직하고 또 한편으로는 매일 보고 싶고 그리움으로 몸부림치는 고통스러운 날이기도 했다.

 사무치도록 그립고, 보고 싶고, 눈앞에 가물거리지만, 가슴속에 묻어둔 사랑의 표현을 할 수 없다는 불안감과 그녀와 빨리 정을 주고받아 그것이 사랑으로 발전하는 과정을 거쳤으면 하는 바람 때문에 가슴만 바짝바짝 타들어 갔다.

 하영이는 깜깜한 밤에 높은 하늘 저 먼 곳에서 반짝반짝 빛을 발광하고 있는 별들에게 이렇게 묻곤 한다.

 "별님, 온통 마음을 빼앗아 간 혜민이를 어떻게 하면 내 사람으로 만들 수 있을까요."

 그러나 돌아오는 건 소리 없는 메아리와 차가운 별빛뿐이었다.

 봄, 여름, 가을, 겨울 사계절이 바뀌는 동안 혜민이는 학교에 다닐 것이기 때문에 그녀를 만난다는 것은 쉽지 않다. 졸업하고 대학에 진학하든지 아니면 취직을 하든지 해야 만날 수 있을 거라는 희망을 갖고 기다리는 수밖에….

 그러나 하영의 마음속에는 아직 정이라는 것을 확실히 주고받지도 못했는데 그것으로 인연이 끝나는 것 같아 마음은 늘 불안하기만 했다.

 집이 가난해서 대학에 진학하지 못한 하영은 소도시인 고향의 군청에서 행정일을 도와주면서 사회에 적응하는 훈련을 쌓고 있었다. 앞으로 2년 후면 군대에 가야 한다.

 그는 모든 일을 군 복무를 마친 뒤에 시작하겠다는 마음으로 하루를 버티곤 했다. 군청에서의 일 년이라는 시간은 직장에 적응하느라 혜민이의 생각에서 잠시 벗어날 수 있었다.

 그러던 어느 날, 옆 부서에 타자를 치는 아가씨가 새로 들어왔다고 누군가 그녀에 대해 이야기를 하고 있었다. 하영이는 궁금했다. 이제 막 고등학교를 졸업하고 취직했다는 그 여자가 누군지 알고 싶었다.

 사이 문 하나를 지나 그녀의 사무실에 들어간 하영이는 참으로 놀라운 사실 앞에 정신을 잃을 것 같은 몽롱한 상태가 되고 말았다. 꿈에서도 그리워했던 혜민이가 앉아 있었다. 갓 고등학교를 졸업하고 직장으로 뛰어든 것이다.

 그곳에는 사람들의 눈이 많았다. 심장이 튀어나올 것 같은데 모르는 체해야 했다. 며칠이 지난 후, 사무실 앞에서 마주친 그들은 간단한 목례로 반가움을 표현했다.

 하영은 자신과는 달리 지극히 이성적이고 감정을 절제하고 있다는 생각을 했다. 하영과 혜민의 집은 가까운 곳에 살고 있었지만, 가정환경이 너무 달랐다. 집안이 좋을 뿐 아니라 부자로 살고 있는 그녀에 비해 가난한 공무원의 아들로

태어나 먹고 살기에 급급한 하영과는 비교할 수가 없었다. 한마디로 부러움의 대상이었고 선뜻 손을 내밀지 못하는 이유이기도 했다.

혜민이가 직장생활을 시작한 지 한 달쯤 지났을까, 퇴근하던 그녀가 하영의 책상 위에 꼬깃꼬깃 구겨진 종이쪽지를 던져 놓고 훌쩍 지나간다.

쪽지에는 오늘 밤 만나보고 싶다는 내용이었다. 만남의 장소는 철길 건너편에 있는 강둑이었다. 가슴이 뛰기 시작했다. 만나면 무슨 얘기부터 할까 가슴이 떨려 왔다.

그날 밤 둘은 길게 뻗어 있는 강둑을 한참 동안 말을 잊은 채 걸어갔다. 먼저 입을 연 것은 혜민이었다.

"우리 만난 지 꽤 오래되었지."

"한 일 년쯤 된 것 같다."

"처음 만났을 때 사준 책 『닥터 지바고』 잘 읽었는데 고맙다는 말도 못 했어. 학교 다니느라고 시간이 나지 않았거든."

"혜민아, 직장에서 너를 처음 보았을 때 깜짝 놀랬어. 엄청 반갑더라."

"우리, 직장에서는 서로 모른 척하자."

"그렇게 해야지, 잘못해서 연애한다고 소문나면 복잡한 일 생겨."

"혜민아, 우리 그때 아카시아꽃 생각나니?"

"그럼, 그때는 너무 즐거웠어."

"나는 그날 이후 줄곧 너만 생각했어. 왜 그렇게 좋았는지 모르겠더라."

"하영아, 그때 네가 사준 닥터 지바고 읽었는데 독후감 얘기 못 해주었지?"

"그 뒤 만날 기회가 없었잖어."

"사실 그 책 읽고 이해하기 쉽지 않았어."

"책은 두 번, 세 번 읽어야 내용을 알겠던데."

둘은 시간이 흘러가는 것도 잊은 채 그동안 있었던 크고 작은 일들을 이야기하면서 오랜 시간을 보냈다.

그리고 앞으로 책을 많이 읽고 자주 만나서 독후감도 이야기하면서 양식을 쌓아가자고 약속하고 두 번째 만남은 끝이 났다.

하영은 그날부터 연민의 늪 속으로 빠져들어 고통의 시간이 시작되었다.

2

하영은 그녀와 같은 사무실, 같은 지붕 밑에서 근무하는 것이 즐겁기보다는 불안한 생각이 들 때가 많았다. 혹시 좋은 사람 만나서 그쪽으로 마음을 빼앗기지는 않을까! 아니면 겨우 고등학교만 졸업한 하영이가 싫어지지는 않을까. 걱정하는 날이 점점 많아지고 있었다.

항상 마음이 불안한 것은 가정환경이 너무 달라, 그녀의 부모님이 우리 사이를 알면 탐탁지 않게 생각할 것이라는 우려에서 생긴 조바심 때문이었다.

서로 바쁜 직장 일 때문에 자주 만날 수 없는 것도 아쉬움이 남는 걱정 가운데 하나였다. 그렇게 둘은 서로 무심하게 지내던 어느 날 퇴근 무렵이었다.

혜민이 근무하는 부서 사무실에서 큰 소리가 들렸다.

"아직도 타이핑 못 한 거야? 바쁘다고 빨리 치라고 했잖아."

"할 일이 많아서 그래요."

한 사람은 고래고래 고함을 지르고 직원은 차분하게 상황을 설명하고 있었다.

"바쁜 것부터 해야지, 무슨 말이 많아."
"지금 하는 일 다 급한 거예요."

그녀가 근무하는 사무실 문을 열고 보니까 그쪽에서 제일 고약한 사람이 혜민에게 꽥꽥 소리를 질러 대고 있는 것이 아닌가. 하영이는 화가 치밀었지만 그쪽으로 가서 도와줄 수도 없는 형편이었다. 그녀는 눈물을 훔치고 있었다. 잘못도 없이 일방적으로 당한 설움이 북받쳐 올랐을 것이다.

하영이는 제자리로 돌아와 멍하니 천정만 쳐다보며 마음을 달래야 했다. 늘 옆에 두고 보고 싶은 여인, 그녀가 직장에서 고통을 받고 있는데 아무런 도움도 줄 수 없는 자신이 원망스러웠다.

그는 요즈음 혜민을 생각하면서 미래의 아름다운 꿈을 꾸고 있다. 명문 여고를 졸업한 그녀와 사회생활을 하면서 동등한 위치에서 정을 주고 받으려면 반드시 대학을 졸업하고 좋은 직장을 얻어서 떳떳하게 그녀의 부모님을 만나고 싶다는 소박한 꿈이었다.

그러나 현실에서는 거의 불가능하다는 사실을 알고 있어 자책하면서 하루하루를 보내고 있던 시기였다.

계절은 변함없이 바뀐다. 봄에서 여름으로 하루해가 긴 어느 날, 하영은 혜민의 사무실 옆으로 지나가면서 조그마한 쪽지 한 장을 그녀의 책상 위에 던져 놓고 나왔다.

오랜만에 만나 얘기라도 하고 싶다는 내용이었다. 보름달이 밝은 밤이었다. 별빛도 차갑게 빛나는 밤, 둘은 강둑을 걷고 있었다.

"혜민아, 직장생활 할만하냐?"

"괜찮아. 직원들이 잘해주니까."

"그럼 다행이다."

"나는 요즘 네 생각 많이 한다."

"왜 생각하는데?"

"우리 아카시아꽃 피었을 때 잎 따는 놀이 했잖아. 그때가 문득 생각이 나서."

"그때가 좋았나 봐."

둘은 시간이 가는 줄 모르고 강바람이 서늘하게 불어오는 강둑을 오래오래 걷고 싶었다. 단둘이 걷는 것이 이렇게 황홀한 기분일 줄이야.

오랜만에 하영은 혜민의 손을 잡았다. 가슴이 콩닥거리고 있었다. 그녀를 만나 처음으로 느껴 보는 사랑이라는 감정이었다. 그녀의 몸에서 풍기는 체취가 향긋하게 느껴졌다.

"혜민아. 너한테 정이 들었나 봐."

허공 속의 메아리

"왜 그런 생각을 하는 거야?"
"널 보면 가슴이 뛰어."
"하영아, 우리 평범하게 지내자. 남의 눈에 띄면 연애한다고 소문나니까."
"그렇게 해야지."
그날 밤 서로 많은 이야기를 나누었다. 하지만 아직 젊은 그들이 헤쳐나가야 할 길은 가시밭길이었다.

그렇게 세월은 무심하게 흘러 그에게도 군입대 영장이 나왔다. 1960년대 군 복무 기간은 32개월로 엄청 긴 세월이었다. 남자는 군에 다녀와야 진짜 사나이가 된다는 것을 잘 알고 있던 하영은 어쩌면 더 좋은 인생 수업이라고 생각했다.
입대하기 전에 꼭 혜민이를 만나보고 싶었다. 퇴근하고 철길을 건너 수양버들이 늘어진 강가에서 만나자고 메모지를 던지고 사무실을 나왔다. 가슴이 답답해 왔다. 긴 시간을 서로 헤어져 있어야 하는 아픔이 있을 텐데, 보고 싶어도 참고 견뎌야 하는 고통을 어떻게 해결할까?
강가에는 사람들의 통행이 없었다. 한참을 기다리고 있는데 얼굴에 미소를 띠고 그녀가 다가왔다.
"일찍 나왔네. 많이 기다릴 줄 알았는데."

"윗분에게 말씀드리고 빨리 왔어."
"오랜만에 강가나 걸어 볼까."
"그래. 그런데 나에게 할 말이라도 있어?"
"있으니까 보자고 했지."
"무슨 일인데?"
"나 군입대 영장 나왔어. 3일 후 입대해야 해."
"어머, 고생하겠다."
"고생하는 것은 좋은데 너를 두고 가는 것이 불안해. 너무 긴 시간이라 다른 사람한테 시집갈까 봐."
"별걱정을 다한다. 걱정 말고 다녀와."
"그럼 마음 편안하게 다녀올까."
"그래. 군대 가면 편지나 자주 해."
"그렇게 하자."

그들은 손을 잡고 강둑을 말없이 한참을 걸었다. 이제 긴 시간을 떨어져 있어야 한다. 하영에게는 암흑의 시간이 되겠지만 어차피 거쳐야 하는 인생길의 통과 절차가 아닌가.

3일 후 입영열차를 타고 논산훈련소에 입소했다. 다음날부터 훈련이 시작되었지만 고된 줄도 모르고 고향에 있는 그녀를 생각하며 즐거운 훈련병 생활을 할 수 있었다. 훈련이 끝나고 전방부대에 배속받은 시기는 겨울의 맹추위가 기승을 부리는 최전방이었다.

 강물은 꽁꽁 얼어붙어 있고 강추위에 손수 내복을 빨아 입으면서 눈이 무릎까지 차오르는 곳에서 새벽 1시부터 3시까지 꼬박 보초를 서야 했다. 그러나 하영의 마음은 언제나 즐거웠다. 그의 가슴속에는 항상 미소를 짓고 있는 혜민이의 얼굴이 자리 잡고 있었기 때문이었다.

 어느 날, 부대에 안 좋은 소식이 퍼지기 시작했다. 전쟁이 한창인 베트남에 우리 부대가 파병된다는 불길한 소문이었다.
 사실이 아니기를 바랐지만 한 달이 지난 후 현실로 다가왔다. 일단 후방으로 가서 몇 개월 동안 전투를 위한 특수훈련을 받고 파병된다고 했다. 하영은 남의 나라 전쟁에 끌려간다고 생각하니 마음이 초조했다. 소문으로는 그곳은 열대지방으로 생과 사의 갈림길에서 꼭 살아온다는 보장이 없다고 한다.
 운명이라고 생각했다. 그것이 운명이라면 그 길을 헤쳐나가겠다고 굳게 다짐하면서 후방인 양평에 도착했다. 훈련은 엄청 고통스러웠다. 아침에 일어나서 4km의 구보를 하고 식사 전에 사격을 해서 과녁을 명중시켜야 밥을 먹을 수 있었다. 식사가 끝나면 절벽에서 뛰어내리기, 외줄 타기, 야간에 깊은 산속에서 적진에 침투하는 담력 훈련 등 6개월 동안 정글과 전투에 적응하는 훈련을 마치고 머나먼 전쟁터 베트남으로 출발했다.

7일간의 항해를 하면서 뱃멀미에 밀폐된 공간에서의 답답함 등, 고생은 많았지만 그래도 새로운 경험들을 많이 하게 된 시간이었다. 우리가 탄 대형 수송선이 나트랑 외항에 정박한 시간은 아침 동이 틀 무렵이었다. 그렇게 멀리 떨어져 있지 않은 바다 끝에 모래사장이 있고 그 너머로 축 늘어진 야자수들이 보였다.

새로운 세상에 들어온 기분이었다. 상륙정을 타고 모래사장에 도착해 C—레이션으로 점심을 먹고 군용 트럭을 타고 어딘가로 달려갔다.

나트랑 시내는 평온했다. 차를 타고 도로를 따라가면서 보니 시골 부락들도 모두가 평화로운 것 같은데 이곳이 전쟁터라고 하니 그 말이 맞는지 의심스러웠다. 군용차가 도착한 곳은 닌호아 외곽 정글 지역이었다.

야자수와 가시 달린 대나무가 엉클어진 곳에 개인용 야전텐트를 치고 첫날밤을 지낸 장병들은 다음날부터 땅속을 깊이 파고 숙소를 짓고 방어진지를 구축하면서 둘을 연결하는 교통호 작업에 들어갔다. 하루하루가 고된 작업과 생사가 보장되지 않는 작전에 투입되었지만, 하영의 마음속에는 고국에 있는 혜민 생각으로 하루하루를 보내고 있었다.

억수같이 쏟아지는 열대성 소나기가 내리면 그녀에게 편지를 쓰는 것이 유일한 즐거움이었다. 높은 하늘에 여객기가 날아오는 것을 보면 저 속에 내게 오는 편지도 있을 것이라는 희망을 갖는 것으로 전쟁의 공포에서 벗어나려고 마음을 추스르곤 했다.

전쟁터 이곳에 도착한 지 1개월쯤 지나면서 답장이 오기 시작했다. 몸 건강하게 잘 있느냐고. 우리나라에서는 한국의 용감한 군인들이 전과를 많이 올린다고 신문과 방송에 매일 나온다면서 몸 건강하게 돌아오기만을 기다린다는 내용이 대부분이었다.

6개월이 지났을 무렵, 잡지 책과 고향의 흙, 그리고 가을 단풍잎을 책갈피에 곱게 넣어 보내오기도 했다.

보내준 선물이 너무 고마웠다. 무얼 보내줄까 생각하다 정글에서 활짝 웃고 있는 사진이 그녀에게 위안이 되지 않을까 해서 총과 수류탄, 그리고 방탄조끼를 입고 멋있게 포즈를 취하고 찍은 사진 한 장을 보냈다.

그녀에게 정글에서의 근황을 보여주고 싶었기 때문이었다. 하영에게는 혜민의 위문편지가 전쟁터에 왔다는 사실을 확인시켜주곤 했다. 그러나 편지를 받아보는 즐거움은 그렇게 오래가지 못했다. 일주일에 한 번씩 날아오던 것이 한 달에 한 번으로 줄어들고 7개월이 지난 뒤부터는 끊기고 말았다.

하영이가 보낸 편지는 분명히 그녀가 받아보았을 텐데 답신은 없었다. 보내는 즐거움으로 만족해야 할 것 같았다. 고향의 혜민이 주변에 무슨 일이 생긴 것 같았는데 머나먼 전쟁터 이곳에서는 전혀 알 길이 없었다.

1년 4개월, 베트남 복무를 마치고 귀국했을 때는 하얀 눈이 펑펑 내리는 엄동설한 겨울이었다.

태양이 이글거리는 열대에서 갑자기 추운 곳으로 오면서 감기에 걸려 고생이 많았지만 혜민이를 빨리 보고 싶었다.

그녀의 친구를 통해서 만나자고 연락을 했지만, 가정에 바쁜 일이 있어 빠져나올 수 없다는 전갈이 왔다.

하영이는 몹시 초조하고 마음이 불안했다. 혹시 결혼할 남자가 있어서 그런지 아니면 몸이 아파서 그런지는 알 수 없었다. 그러나 꼭 한번은 만나 봐야 할 것 같았다. 다시 그녀의 친구에게 꼭 한 번만 만나게 해달라고 통사정을 할 수밖에 없었다.

그렇게 해서 어렵게 만남이 이루어지게 되었다. 만남의 장소는 입대하기 전에 만났던 강둑에서였다.

"혜민아, 잘 있었니."

"잘 있었어. 고생 많이 했지."

"아니야. 네가 지켜주어서 잘 있다 왔어. 그런데 왜 답장을 안 했어."

"하영아, 미안해. 부모님이 빨리 결혼하라고 해서 날 받아놨어. 기다리지 못해서 정말 미안해."

"편지 답장이 끊겨서 눈치를 챘지만 설마 아닐 거라고 희망을 갖고 있었는데 이제 끝났구나."

"전쟁터에서 보내준 네 사진 돌려줄게. 앞으로 혜민이라는 여자는 빨리 마음속에서 잊어버리고 좋은 직장에 들어가고 예쁜 여자 만나서 잘 살기를 빌어줄게."

하영이는 가슴이 미어지는 것 같았다. 얼마나 많은 첫정을 주고 좋아했던 여인이 아니었던가, 그런 여인이 다른 남자의 품으로 가버린다고…?

혜민이가 돌려준 자신의 사진을 보면서 한없이 높은 낭떠러지에서 떨어지는 것만 같았다. 하지만 이젠 어쩔 수 없는 현실이 되고 말았다.

일주일을 잘 먹지도 못하는 술로 아픈 마음을 달래보았다. 그러나 쉽게 잊혀지지 않을 혜민이었다. 하늘에 대고 하염없이 외쳐 본다.

"혜민아."

그러나 대답이 없다. 이제 그 여인을 영원히 가슴속에 묻어야 한다.

3

혜민이가 결혼한 후 헤어진 지 40년쯤 지났을까. 우연한 기회에 그녀의 오빠를 골프 연습장에서 만났다. 참으로 오랜 시간이 흐른 뒤였다. 얼굴에는 세월의 잔재가 주름살로 남아 있었다. 갑자기 잊혀진 여인 혜민이가 어떻게 살고 있는지 궁금했다.

"형님, 오랜만에 뵙는군요. 긴 세월이 흘러갔습니다."

"그래. 자네도 잘 있는가."

"오늘 다른 약속 없으면 점심이나 같이할까요."

"그렇게 하세."

식당에는 많은 사람이 점심을 먹기 위해 기다리고 있었다.

둘은 빈자리를 찾아 식사를 주문했다. 하영은 잠시 생각에 잠겼다. 혜민이의 삶이 알고 싶었지만 오랜만에 만나서 그것부터 물어보는 것은 예의가 아닐 것 같았다. 점심을 먹고 식당 근처에 있는 찻집에 들어갔다. 커피를 마시면서 조심스럽게 묻고 싶었던 것이다.

"형님, 궁금한 게 있는데 물어봐도 될까요?"

"뭐가 그렇게 알고 싶어."

"동생 혜민이는 잘 살고 있데요?"

"잘 살고 있어. 근데 그건 왜 물어."

"고등학교 다닐 때 가깝게 지냈거든요."

"그랬던가?"

"군 복무를 끝내고 왔더니 결혼한다고 하던데요. 그 뒤로 지금까지 한 번도 못 봤어요."

"고향을 떠나서 먼 곳에서 살고 있어."

"거기가 어딘데요?"

"바다가 있는 남쪽 끝 목포야."

"잘 살고 있겠지요?"

"잘 살면 좋으련만 그렇지 못해."

그녀의 오빠는 혜민이가 불행하게 살아온 드라마 같은 삶의 이야기를 조용하게 들려주었다.

동생이 고등학교를 졸업하고 군청에 취직했는데 출입 기자가 그녀를 무척 좋아했다고…. 그 사람 뒷 조사를 해보니까 아이 셋을 둔 유부남이었다고 했다. 부모님이 그것을 알고 떼어놓으려고 온갖 노력을 다했지만 결국 그 사람과 결혼하면서 불행한 길을 걷기 시작했다고, 그리고 동생이 그렇게 타고난 운명인 것을 이제는 알았다고 한다.

그는 애잔하게 살고 있는 동생의 과거 결혼이야기들을 계속 이어간다. 혜민이의 남편은 결혼을 하기 위해서 수단과 방법을 가리지 않았다.

장모 될 사람을 온갖 선물로 회유하고 그것이 통하지 않자 칼로 자기 몸을 자해하면서 그것을 무기로 결혼을 하게 되었다고 했다. 본부인과는 이혼하고 아이들 셋은 고아원에 맡기는 천인공노할 죄를 지으면서까지 꼭 그렇게 했어야 했을까? 참으로 인간이라면 생각도 못 할 짓을 저지른 그 남자는 천벌을 받아야 마땅한 사람이었다.

"지금은 어떻게 살고 있데요?"

"남의 집 월세방에서 겨우 살고 있다네."

하영은 가슴이 답답해 왔다. 감성이 예민했던 시절, 잠시 정을 주었던 혜민이가 아니던가. 그녀와 헤어지면서 잘 살기를 빌어 주었는데 인생길의 밑바닥을 허우적거리고 있다니

짠한 마음이 들었다.

"형님, 혜민이 전화번호 알고 있죠."

"왜?"

"한번 만나보고 싶어서요."

"안 만나는 것이 좋을 거야. 신랑 강짜가 심해서 어려울 텐데."

"요령껏 만나볼 테니까 알려주세요."

전화번호를 받아 쥔 하영은 갈등이 생기기 시작했다. 남편이라는 사람이 의처증이라도 있으면 그녀가 어려운 일을 당할 것 같아 망설여졌다.

며칠을 생각하고 고민하던 끝에 신랑이 출근했거나 출타했을 것이라고 생각되는 시간에 전화를 했다.

"여보세요. 혹시 하영이라고 기억나세요?"

"잘 모르겠는데요."

"고등학교 시절 아카시아 꽃이 핀 나무 밑에서 즐거운 시간을 보냈는데…"

"아무것도 생각나지 않아요."

"잘 한번 생각해 봐요. 베트남 전쟁터에 있을 때 위문편지 많이 했잖아요."

"제가요, 살면서 험한 꼴을 너무 많이 당해서 기억력이 없어졌어요. 만나보면 알아볼 수 있을지는 모르지만요."

참으로 오랜만에 들려오는 혜민의 목소리는 어둡지 않고 맑았다. 말소리의 부드러움도 대화를 나누던 시기와 변함이 없었다. 하영은 절망의 늪으로 빠져드는 것 같았다.

베트남 전쟁터에 있을 때 그렇게 감미로운 편지를 주고받았는데, 아무리 긴 세월이 흘렀다고 모른 체 하다니… 마음속으로 서운하다는 생각이 들었다.

"그럼 일주일 후에 한 번 만나볼까요."

"그렇게 해요."

"어디서 볼까요."

"우리 집에서 조금 떨어진 곳에 빵집이 있어요. 그곳으로 7일 뒤 10시에 만나요."

"알겠습니다. 그때 봐요."

전화를 끊고 하영은 깊은 생각에 빠져들었다. 아무리 세상을 불행하게 살았다고 하영이라는 이름 두 글자를 생각해 내지 못한다는 것이 믿기지 않았다.

그렇게 약속을 굳게 한 뒤, 만남을 하루 앞두고 전화가 걸려 왔다. 갑자기 감기에 걸려서 만날 수 없으니 다음에 연락하자고.

전화를 끊고 가만히 생각해 보았다. 만날 생각이 없는 것은 아닐까, 아니면 자기의 추한 모습을 보여주기 싫어서일까? 그러나 한번은 만나야 한다는 하영의 생각에는 변함이 없었다. 몇 번을 전화하고 꼭 한 번만 만나고 싶다는 내 마음을 알았는지 한 달 후 그 빵집에서 만남을 가질 수 있었다.

깨끗하게 잘 정돈된 가게에서 갓구워낸 맛있는 빵 냄새가 코를 자극하고 조용한 분위기에 어울리게 은은하게 들려오는 노랫소리에 눈을 감고 옛날 생각에 잠겨 있을 때였다. 그때 문을 열고 들어오는 여인이 눈에 보였다.

어렵게 살고 있다는 그녀 오빠의 말이 생각나서 옷차림부터 살펴보았다. 중후한 부인들이 입고 다니는 화려한 옷차림을 하고 나타난 혜민, 그녀는 겉보기에는 행복하게 보였다.

실로 긴 세월을 잊은 체 했지만 한순간도 잊은 적 없는 혜민이가 아니던가.

친구처럼 말을 트고 살았던 그 시절이 생각났지만 이제 남의 여자가 된 그녀에게 깍듯이 존댓말을 써야 할 것 같았다.

"만나서 반가워요. 우리 고등학교 다닐 때 알고 지내던 하영이인데 생각나지 않아요."

"희미하게 기억 속에 남아 있는 것 같아요."

"왜 그렇게 기억하지 못하는지 궁금합니다."

"얘기하자면 길어요."

그들은 40년 전으로 돌아가 그때의 기억들을 생각해 보려고 하지만 혜민이의 인생길에 어떤 장애물이 있었는지 알 수 없었다. 아주 잠깐의 시간이 지났는데 집에 가야 한다는 그녀의 얼굴에 어두운 빛이 감돌고 있었다.

"이제 집에 가야겠어요. 오늘 바쁜 일이 있어요. 남편이 곧 집에 들어온다고 하네요. 내가 집에 없으면 성질머리가 고약해서 고함을 지르면서 마구 화를 내요."

그날 그들은 그렇게 헤어졌다. 서로 아쉬움만 남긴 채, 그러나 후일 다시 한번 만나기로 약속을 했다. 금방 일주일이 지나갔다. 꼭 만나서 어떻게 살아왔는지, 지금은 잘살고 있는지 듣고 싶었다. 하영이가 전화를 해도 계속 받지를 않았다.

열흘쯤 지났을 무렵, 겨우 전화가 연결이 되었다. 이번에는 식당에서 만났다. 그리고 식사 후 조용한 찻집에서 살아온 이야기를 들을 수 있었다.

결혼 후 아들만 셋을 낳았다고 한다. 그러나 남편의 본처가 마음속에 자리 잡고 떠나지를 않았다고.

항시 본처와 그의 아이들 생각에 가슴이 아팠다고 한다. 그런 고통의 날들 속에서 혜민이가 낳은 아이들에게도 불행이 찾아왔다고 한다.

찻집에서 이야기하면서 서로 주고받은 대화는 자연스럽게 옛날 그 시절로 돌아갔다.

"혜민아, 애들은 잘 크고 있지."

"아니야. 지금은 하나도 없어."

"다른 사람이 키우고 있니."

"아니야. 둘은 이 세상에 없고 하나만 결혼해서 먼 곳에서 살고 손주만 내가 키우고 있어."

"둘은 어떻게 된 거야."

"내가 지은 죄가 많아서 큰애는 세 살 때 집에 화재가 있어서 불에 타죽고, 둘째는 교통사고로 이 세상을 떠났어."

하영이는 할 말을 잃었다. 이렇게 불행할 수가 있을까. 인과응보라고밖에 생각할 수가 없었다. 어떻게 위로의 말을 해야 할까, 엄두가 나지 않았다.

이야기를 마치고 밖으로 나왔다. 하늘에는 구름이 점점이 흩어져 어딘가로 흘러가고 있었다. 혜민이가 구름 속 어딘가로 얼굴을 감추며 숨어 버리는 환상, 손에 잡힐 듯 잡히지 않는 바람 같았다.

그녀를 집에 데려다주고 싶었다.

"혜민아, 집에 가자. 내 차로 데려다 줄게."

"아니야. 괜찮아 먼저 가봐."

"너희 집에 한번 가보고 싶다."

"안돼. 집에 남편이 기다리고 있어."

"왜 그렇게 세상을 조급하게 살아? 우리들 한참 감성이 풍부할 때 책도 많이 읽고 앞으로 글도 써보고 싶다고 했잖아."

"그때는 희망이 있었기 때문이었어. 지금의 나는 죽지 못해 살아가는 이 세상에서 제일 불쌍한 사람이야."

"혜민아, 너무 자학하지 말고 정신 좀 가다듬고 얼마 남아 있지 않은 인생을 똑바로 살아."

"그렇게는 안 될 것이라고 믿어. 나에겐 업보가 있으니까. 암튼 집에 빨리 가봐야 해."

하영은 더 이상 고집을 부릴 수 없었다. 여기에서 헤어지는 수밖에, 아쉬운 작별이었다. 집으로 돌아오는 길은 발걸음이 무거웠다. 감성이 예민하던 어린 시절 마음속으로 깊은 정을 주었던 여인이 아니던가. 그녀에게 도움을 줄 수 있는 일은 없을까? 그러나 뾰족한 방법이 생각나지 않았다.

그로부터 2년이 지난 후, 딸 하나를 두고 이혼한 마지막 아들이 뇌경색으로 죽었다는 소식이 전해졌다. 불행이 계속 혜민의 주위에서 떠나지 않는 것은 잘못된 결혼에서 비롯된 업보라고 생각되었다. 그녀에겐 어떤 위로의 말도 해줄 수가 없었다.

그날 이후 우리는 긴 침묵으로 서로의 감정을 유지하고 있었다.

시간은 계속 흘러 긴 세월이 흐른 뒤 그녀가 어떻게 살고 있는지 궁금했다.

"혜민아, 잘 있어?"

"잘 있긴 한데 앞으로 전화하지 마."

"왜 그런데?"

"남편이 전화벨이 울리면 직접 받기도 하고 문자가 와도 먼저 보는 경우가 많기 때문에 잘못하면 큰일 나."

"알았다. 앞으로 어떤 일이 있어도 전화하지 않을게."

혜민이와의 연락은 그것으로 끝이 났다. 도대체 어떤 사람이길래 그런 행동을 하는지 도무지 이해가 가지 않았다. 그런데 그런 고통을 받고 살고 있다니, 이제 그 고통에 저항할 것인가! 아니면 순응할 것인가 그녀 자신이 고민해야 할 시기가 된 것 같았다.

아이 셋을 잃고 당한 아픔도, 전화를 마음대로 할 수 없는 고통도, 불행한 삶을 살아온 그녀의 업보이기 때문이리라.

일생을 감시의 눈으로 바라보았던 남편의 행동은 아내를

너무 사랑해서 묶어 놓은 사랑의 밧줄이었을까? 아니면 불행의 씨앗인 감시의 밧줄이었을까?

군에서 제대한 뒤 쓰라린 아픔을 가슴속에 간직한 채 헤어졌는데 긴 세월이 지난 지금 또 그녀와 인생길의 끝자락에서 두 번째 이별을 해야 한다고 생각하니 가슴이 미어질 듯이 아파왔다.

"혜민아."

허공에 대고 이름 두 글자를 큰 소리로 외쳐 보지만 메아리가 되어 하영의 귓전에서 조용히 흩어진다. 그러나 이제 그녀와는 이승에서의 마지막 작별이고, 다음 생애에서 인연이 있으면 다시 만날 수 있을 것이라는 실낱같은 희망을 가지면서, 혜민이와 전생에서의 만남을 마음속에 깊이 간직한 채 추억으로 남겼다.

작가는 다른 사람들보다 글쓰기를 어려워하는 사람이다.
— 토마스 만

내 인생의 절반은 고쳐 쓰는 작업을 위해 존재한다.
— 존 어빙

제3의 욕심

1

 청보리가 바람에 파도치듯 흔들리고 있었다. 초등학교를 다니는 수민과 수빈은 항상 그 청보리밭 사이로 길게 뻗어 있는 좁은 길을 걸어서 학교에 등교하곤 했다. 수민은 수빈보다 3개월 먼저 태어난 사촌 형제간이다.
 한동네에서 태어나고 자라면서 둘은 친형제처럼 각별한 사이가 되었다. 큰길을 경계로 수민이가 사는 집은 붉은 양철집이었고, 수빈의 집은 길 반대편에 탱자나무를 심어 울타리를 막아 놓은 골목길 끝에 있었다. 형제는 이웃에 있는 집을 서로 오가며 어린 시절을 즐겁게 보냈다.
 학교도 같이 가고 노는 것도 항상 같이했다. 시골 초등학교는 6학년 두 학급이 있었는데 수민은 난초반, 수빈은 매화반으로 수업 시간을 같이할 수 없는 것을 항상 아쉬워했다. 그날도 수민이는 학교에 가기 싫었다.

"수빈아, 오늘 학교 가지 말고 보리밭에서 놀자."

"형, 학교는 가야제. 내일 선생님한테 야단 맞아."

"오늘 하루만 가지 말고 놀자."

마음이 너그러운 수빈이는 형이 말하면 마음이 약해서 잘 따라주는 편이었다.

"그럼 오늘 하루만 안 가는 거다."

"그렇게 할게."

이렇게 형제는 학교에 가지 않고 이곳저곳을 뛰어다니다가 집 근처에 흐르는 황룡강을 찾았다. 아직 어린 나이라 실오라기 하나 걸치지 않은 맨몸으로 냇물 속으로 뛰어들었다. 양팔로 물을 저으면서 두 발로는 개구리가 헤엄치듯 힘껏 차고 앞으로 나아간다. 강물이 입속으로 들어오지만, 마냥 즐겁기만 했다.

"수빈아, 우리 누가 빨리 헤엄쳐 앞으로 나아가는지 시합할까?"

"내가 질 거야. 형은 키도 크고 몸도 나보다 건강하니까."

"심심한 게 그래도 한번 하자."

형제는 앞서거니 뒤서거니 서로 지지 않으려고 안간힘을 쓰지만 덩치가 좋은 수민이가 항상 이기면서 시합은 끝나곤 했다. 즐겁게 시간을 보내고 해가 서산에 기울 때쯤 열심히 공부하고 온 척 집으로 돌아왔다. 이렇게 어린 시절을 재미있게 보내고 중학교에 진학하게 되었다.

이 시점에서 형제의 운명은 서로 다른 길을 선택하게 된다.

중학교 1학년 여름방학이 끝나고 처음 등교하던 날, 자갈이 깔린 울퉁불퉁한 길을 걸으면서 수민과 수빈이는 미래에 대한 이야기를 하고 있었다.

"수빈아, 나 학교 다니기 싫어야."

"왜?"

"공부하기가 싫어."

"그래도 졸업은 해야제."

"학교 그만두고 운전이나 배울 거야."

사촌 형인 수민의 집에는 트럭이 한 대 있었고 그것으로 운송사업을 하고 있을 때였다. 학교에 가지 않을 때에는 아버지가 운전하는 차의 옆자리에 타고 다니면서 대물림해서 그렇게 살고 싶다는 욕망이 생긴 것이다. 돈도 벌고 자기가 좋아하는 운전도 하면서 성공한 인생으로 살고 싶다는 생각인 것 같았다.

"형, 공부는 싫고 운전하면 좋을 것 같아?"

"지금 내 생각은 그래."

"형이 좋다면 알아서 해. 나는 열심히 공부할 거니까."

사실 수빈이는 잘 사는 사촌 형이 부럽기도 했다. 공무원인 아버지는 사는 것도 가난했지만 퇴근하고 돌아올 때는 언제나 술에 취해 들어왔다. 어린 마음에도 월급도 적을 텐데 무슨 술을 저렇게 많이 먹고 와서 술주정하는지 이해할 수가 없었다.

수빈이는 형인 수민이와 자주 만나지 못한다는 생각에 아쉬움이 많았다.

"형, 그럼 오늘이 학교 가는 거 마지막이야?"

"그럴 것 같애."

"앞으로 나 혼자 학교에 다녀야겠네."

"그래 넌 열심히 공부해서 성공해라."

수빈이는 마음이 너무 허전할 것 같았다. 늘 옆에 있어 준 형이 아니었던가! 그를 의지하고 항상 같이 있었으면 했는데 갑자기 떨어져 있어야 한다니 앞날이 캄캄하기만 했다.

수빈이가 중학교를 졸업할 무렵, 수민이는 자동차 운전 면

허시험에 합격해서 면허증을 취득했다는 소식이 들려왔다. 이제 형이 사업 전선에 뛰어들어 재산을 많이 모아 성공한 사업가가 되기를 빌었다.

시골에서 중학교를 졸업한 수빈이는 도시에 있는 고등학교에 진학하였다. 공부를 열심히 해서 얻은 보람이었다.

사업에 바쁜 수민과 도시학교에 다니는 수빈이는 만날 수 있는 기회가 점점 적었다. 수빈이는 4·19학생 혁명 때에는 시위대에 동참하여 민주화를 위해 열심히 뛰었고 험난한 사회를 살아가는 방법을 몸으로 느끼고 있었다.

세월은 계속 흘러 졸업할 때가 되었지만 가정 형편이 어려워 대학에 진학할 수 없다는 것이 가슴 아픈 현실로 다가왔다.

더 이상 학업을 계속하기가 어려워 절망한 수빈이는 운송 사업을 하는 형 수민을 만나보고 싶었다. 시간의 여유가 있는 수빈이가 형의 사업장을 찾았다. 열심히 차에 짐을 싣고 있던 수민이가 반가운 표정으로 동생을 반긴다.

"무슨 일로 왔니?"

"형이 보고 싶어서."

"길 건너 빵집에서 기다려라. 곧 갈게."

수빈이는 형이 부럽기도 했다. 아직은 사업이 초창기이지만 열심히 일하는 것을 보면서 대학에 가지 못할 바에는 직업 전선에 뛰어들고 싶은 마음이 들기도 했다.

　잠시 뒤 수민이가 빵집으로 들어왔다. 조그마한 가게는 겨우 몇 사람이 앉을 자리밖에 없었다.

"수빈아, 얘기해 봐. 무슨 고민이라고 있니?"

"형, 나 대학에 못 가게 됐네. 학비를 낼 수가 없어."

　아버지가 공무원이라는 직장을 그만두고 나온 뒤 가세는 급격히 가난한 쪽으로 기울어져 가고 있을 때였다. 퇴직한 아버지는 날마다 술에 취해 살았고 어머니 혼자서 기울어져 가는 집안을 살리려고 안간힘을 쓰고 있었지만 여자의 힘으로는 어쩔 수 없었다. 두 형제의 대화는 계속 이어진다.

"수빈아, 요즘 대학가는 사람 별로 없다. 아주 돈이 많은 부잣집 애들이나 가는 곳이 대학이야."

"형, 그래도 대학은 가고 싶어."

"내가 도와줄 수도 없고 미안하다."

"형에게 신세 지고 싶어 하는 말은 아니야."

"수빈아, 군대 가기 전에 직장을 가져봐라."

"그래야 할 거 같아."

　수민이와 수빈이의 대화는 이것으로 끝이 났다. 형과 헤어진 수빈이는 보리가 한참 커가는 보리밭 길을 혼자 터벅터벅 걸었다. 형과 같이 매일 초등학교를 걸어 다녔던 보리밭 사잇길이 정겹게 느껴졌다. 청보리는 옛날 그때처럼 바람에 파도치듯 흔들리고 있었다.

졸업하면 어떻게 할 것인지 진로가 불투명한 수빈은 세상 고민을 혼자서 다 짊어진 것 같은 무게를 느끼고 방황하고 있었다.

학교를 졸업하고 여기저기 잡부 일을 시작했다. 사회 경험도 쌓고 하고 싶은 일을 하지 못하는 울분을 삭이기 위해서이기도 했다.

그러나 언제까지 이런 일을 해야 할 것 인지, 미래가 불투명한 상태에서 여린 마음은 언제 터질지 모르는 활화산처럼 불안했다.

그렇게 시간을 보내면서 마음의 상처도 많이 받았지만 스스로 한계에 부딪히고 얻어터지면서도 그게 끝이라는 생각은 안 했다. 인생 사는 것이 이런 거구나 하는 오기가 생겼다.

불안한 생각들은 몸과 마음을 피폐하게 만들었고 그런 와중에도 시간은 쉬지 않고 계속 흘러 국방의무를 해야 하는 군 입대 시기가 다가왔다. 군대에 가기 전에 형을 한번 만나 보고 싶었다.

겨울의 매서운 북풍이 불어오던 날 수민의 직장으로 찾아갔다. 그날은 일감이 없었는지 사무실에서 사람들과 얘기를 나누고 있었다. 어릴 때 서로가 깊은 정을 주었던 터라 오늘도 반갑게 맞아 주었다.

"연락이나 하고 찾아오지, 내가 여기 없었음 못 만났을 거 아니야."

"무작정 그냥 왔어. 없으면 그냥 가려고 했제."

"무슨 일로 왔는데?"

"일주일 후면 입대하거든. 가기 전에 얼굴이나 한번 보려고 왔어."

"그래, 서운하다."

"형은 군대 안 갈 거야?"

"나는 군대 못 가."

"왜?"

"못 갈만한 병이 있거든."

"형은 좋겠네. 고생 안 하니까."

"점심시간 됐으니까 점심이나 할까."

"됐어. 그냥 갈게."

"군대 가면 고생하겠다. 잘 갔다 와."

형과는 이렇게 헤어졌다. 요령 좋은 수민이가 군에 가지 않는다는 말을 듣고 부러운 마음이 생겼지만 서로 다른 운명을 갖고 태어났기 때문에 어쩔 수 없다는 생각을 했다. 일주일이 훌쩍 지나가고 입대날이 되었다. 마음이 착잡했다.

그러나 수빈이의 마음만은 가벼웠다. 자기 인생은 군대 생활이 끝나고 제대를 하면 다시 시작될 것이고 그때쯤 열심히 공부해서 공무원 시험을 보아야겠다는 계획을 갖고 있었기 때문에 절망하지 않았다.

아버지가 공직생활을 해서 가업을 이어받는다는 의미도 있었지만 노력을 한다면 사회에서 인정받는 사람이 될 것이라는 부푼 꿈을 안고 있었다.

논산훈련소에 입대하면서 새로운 인생이 시작된 것 같았다. 훈련이 몹시 고되었지만 참고 견디어 명예롭게 제대할 날만을 기다리기로 했다.

2

3년 후, 수빈이는 제대를 했다. 대한민국 남자로서 진짜 사나이가 된 것이다. 요령 좋은 사람들은 요리조리 군대 가는 것을 잘도 피해 다니지만 우직한 그는 떳떳하게 국방의 의무를 명예롭게 마친 것이다. 제대 첫날 할아버지께 인사드리려 가는 것으로 사회생활의 첫 걸음을 시작했다.

수빈의 집에서 강가 제방을 타고 쭉 걸어가면 철길이 나온다. 그 길을 따라 오백 미터쯤 더 가면 철길 옆으로 조그마한 마을이 나타나고 동네 가운데쯤 할아버지가 살고 계셨다.

"할아버지, 저 제대하고 인사드리려 왔습니다."

"고생 많았지?"

"군대 생활은 할만했어요."

"젊은 사람들은 꼭 다녀와야 하는 곳이니까 잘 갔다 왔지, 앞으로 사회생활 열심히 해서 성공하는 사람이 되어라."

"예, 노력할게요."

할아버지는 조그마한 시골에서 존경받고 사시는 분이셨다. 동네 사람들이 아파서 찾아오면 침도 놓아드리고 사주도 잘 보신다고 소문이 났다. 훤칠한 키에 용모가 빼어나게 잘 생기셨지만, 붓글씨도 잘 쓰시고 판단력도 분명했다.

신언서판(身言書判)이 출중하다고 주위 사람들이 입을 모아 말하고 있어 손자 된 수빈이는 늘 할아버지가 자랑스러웠다.

인사를 드리고 사촌 형 수민을 찾아갔다.

그는 3년 동안 열심히 노력해서 운송사업 영업소를 운영

하면서 짭짤한 수입을 올리고 있었다.

"형, 그동안 잘 있었어?"

"나는 잘 있었는데, 고생 많았제?"

"남들도 하는 고생, 얻은 것이 많았어."

"앞으로 무슨 일을 할 거야."

"공무원 시험 준비를 할까 해."

"그래 생각 잘했다. 열심히 하면 될 거야."

"노력해야제."

"형은 지금 하는 사업 계속할 거야?"

"특별히 할 거 없으니까 이걸 해야제."

"아직 젊으니까 더 큰 사업 구상해 봐."

"지금 영업소 하는 거 집어치우고 내 사업체를 갖고 싶지만 잘 안돼."

"우린 젊으니까 서로 도와가면서 노력해보게."

형 수민과 앞으로 진로에 대해서 많은 이야기를 나누고 헤어졌다. 할아버지로부터 신(身)과 언(言)을 물려받은 수민의 사업은 날로 번창해 갔다. 사업체가 3개로 늘어나고 월매출액도 엄청나게 올랐다. 사업가로서 성공을 거둔 것 같았다.

한편 수빈은 열심히 공부하여 공무원이 되었다. 서(書)와 판(判)을 물려받은 선조의 힘이 작용했으리라.

세월이 가니 순조롭게 승진도 했다. 그러니까 수민은 용모로 성공하고 수빈은 판단력으로 출세를 한 것이다. 못내 대학을 가지 못한 아쉬움에 시간이 나는 대로 공부를 열심히 해서 결국은 학사, 석사, 박사 학위도 받아냈다.

몇십 년이라는 세월이 훌쩍 흘러갔다. 수민의 사업 성공 과정이 별로 좋지 못했다는 소문이 주위에 퍼지기 시작했다. 그와 동업을 하면 가진 것 다 털리고 빈껍데기만 남아 거지 꼴 신세가 된 사람이 많다는 것이다.

수완이 좋은 수민이 형은 가끔은 상대를 속여서 많은 돈을 벌기도 했고 잘생긴 외모로 뭇 여성들을 사귀면서 도움도 받고 때로는 거금을 빌려서 사업자금으로 쓰거나 부동산을 매입해서 훗날 그것이 큰 재산이 되었다고 했다.

말주변이 좋은 그는 상대방을 말로써 회유하고 거짓을 참말처럼 믿게 만드는 기술이 있었던 것이다. 그와는 반대로 수빈은 세상을 고지식하고 바르게 살기만을 고집하며 요령이라곤 없는 사람이었다. 남에게 피해 주는 것을 싫어했고 오직 자기가 맡은 일만 충실하게 하는 바보스러운 면이 있는, 융통성 없는 사람이었다.

형 수민은 일찍 결혼했으나 아이가 없었다. 수년 전에 연애로 만났지만, 아이를 생산하지 못한 그는 부자로 살면서도 항상 결혼생활이 행복하지 않다는 생각을 하는 것 같았다.

한편 수빈이는 공무원인데도 무엇이 부족했는지 결혼 적령기가 지난 노총각이었다. 밑으로 동생들이 여섯 명이나 있고 시아버지 될 사람은 알코올 중독자로 집안이 가난해서 시집을 오겠다는 여인이 없었다.

그래도 형수가 가끔 중매를 서겠다고 이 여자 저 여자를 끌어다 맞선을 보도록 했지만 언제나 성사되지 못하고 깨지고 말았었다. 그러던 어느 날 중매를 하고 싶어 안달이 나 있던 형수가 직장으로 찾아왔다. 이번에 좋은 처자가 나왔으니 꼭 한번 보라는 것이었다.

"아제, 이번에는 좋은 여자 있응께 꼭 한번 봐요."
"형수님, 이제 신물이 나서 보기 싫어요."
"그래도 장가가려면 봐야지요."
"싫어요."
"싫어도 이번 토요일 맞선 보기로 해요."

형수와 많은 말을 나누었지만, 이번에도 퇴짜 맞을 것이 분명하다는 생각으로 맞선을 보고 싶은 생각이 전혀 없었다. 토요일이 되었다.

수빈은 처리할 일이 있어서 사무실에서 급한 일을 하고 있을 때였다.

전화벨이 울렸다. 형수였다.

"지금 뭐 하고 있어요. 빨리 오지 않고."

"안 가고 싶은데요."

"결혼 안 해도 된 게 형수 체면 생각해서 여기 와서 보기라도 하세요."

"곧 갈게요."

여인과 그 가족들을 만나기로 한 장소는 좁은 길을 따라 올라가면 언덕배기가 나타나고 조금 오른쪽으로 돌아가면 기와집이 있는데 그곳에 모두 모여서 기다리고 있었다.

수빈이 만약 결혼하게 된다면 장인, 장모, 처형, 오빠, 여동생이 방 안 가득 앉아 있었다. 마치 면접시험을 보는 것처럼 느껴졌다. 잘생긴 얼굴은 아니었지만, 공무원이라는 직장 때문에 조금은 후하게 점수를 주는 것 같았다.

맨 먼저 입을 연 사람은 그 집안의 가장인 장인이었다.

"직업이 공무원인가."

"네, 그렇습니다."

"왜 여태껏 장가를 못 갔어."

"형제가 많아서 누가 오려고 안 해서요."

"그거 안됐구먼."

"고개 한번 돌려서 뒷꼭지 좀 보여줘."

난데없이 튀어나온 말에 수빈이는 어리둥절했다. 하지만 어른 말씀을 거역할 수도 없어 뒤를 보고 돌아앉았다.

"잘생긴 얼굴은 아니지만 뒷꼭지 하나는 예쁘게 생겼네."

이렇게 말씀하시더니 내 딸 데려가도 굶기지는 않을 거라면서 빠른 시일 내에 결혼식을 올릴 수 있도록 준비하라고 온 가족이 있는 곳에서 결론을 내렸다. 수빈이는 머릿속이 복잡했다. 신랑 될 당사자의 의견은 물어보지도 않고 덜컥 결정지어 버리고 날짜까지 잡아서 빨리빨리 준비하라고 하니 어찌해야 할지 엄두가 나지 않았다.

그것도 앞으로 보름 후에는 길 일이 있으니까 꼭 그날 결혼식을 해야 한다는 주장을 하고 계신 것이다.

결혼은 인간의 3가지 큰일 중의 하나다. 세상에 태어나는 것, 결혼하는 것, 죽는 것, 이렇게 큰 일을 일사천리로 밀어붙이는 장인을 보면서 한편으로는 대단하신 분이라고 생각되었다.

중매를 섰던 형수도 이렇게 쉽게 날짜를 잡을 줄 몰랐는지 혼잣말처럼 구시렁거린다. 번갯불에 콩 튀어 먹듯이 한다고, 맞선을 보고 나오면서 형수의 의견을 물었다.

"형수님, 어쩌면 좋겠어요."

"이미 날짜까지 잡았는데 할 수 없지요."
"갑자기 이렇게 되니까 어리벙벙하네요."
"시간이 지나면 해결되니까 준비하는 대로 해요."

형수는 수빈이 결혼하는 것이 싫지는 않은 것 같았다. 얼떨결에 장가를 가게 생겼지만 아무리 생각해도 꿈만 같았다. 그날 밤 이 생각 저 생각으로 잠을 못 자고 뜬눈으로 새벽을 맞았다. 형수가 비록 사촌 간이지만 혼사를 성사시키려고 많은 노력을 했기 때문에 보답을 해야 한다는 마음이 생겼다.

어떻게 하면 고마움을 표시할 수 있을까? 여러 가지 방법을 생각했지만 좋은 것이 머릿속에 떠오르지 않았다. 3일을 고심한 끝에 결론을 내렸다. 결혼한 지 10년이 되었건만 아직 아기를 갖지 못한 형을 위해서 신혼여행을 같이 가면 어떨까 생각하게 된 것이다.

며칠 후, 형수를 만나서 수빈의 생각을 얘기할 기회가 생겼다.

"형수님, 며칠 생각했는데 이번 결혼하면 신혼여행을 형과 형수님 그리고 우리 둘, 이렇게 넷이서 같이 가면 어떨까요?"
"형이나 저는 좋지요. 찬성입니다."
"그런데 같이 신혼여행 가면 우리 복 다 가져간다고 하던데요."

"말쟁이들이 한 말이겠지요."
"형수님, 신혼여행 같이 가면 아기나 들어서면 좋겠어요."
"지금까지 안 생겼는데 그럴 리가 있겠어요."
"암튼 그랬으면 좋겠다는 말이지요."

결혼식 날이 되었다. 시골 결혼식장은 협소하고 볼품없는 곳이었다. 우리는 식이 끝나고 부모님께 인사를 드린 후, 형이 빌린 고급 승용차로 첫날밤을 보낼 도시로 출발했다.

형이나 형수 모두가 얼굴에는 환한 웃음이 귀에 걸려있었다. 진주에서 첫날밤을 보내고 부산, 경주, 대전 속리산을 거쳐 신혼여행을 마치고 집으로 돌아왔다.

3

신혼여행을 다녀온 수빈은 사글셋방에 신혼살림을 차렸다. 공무원의 적은 월급으로는 그렇게 할 수밖에 없었다. 그러나 앞으로의 희망은 잃지 않았다. 그것은 아직 젊다는 재산이 그에게 있었고 군 생활에서 얻은 고통을 이겨 나가는 방법과 험난한 세상의 파도를 헤쳐나가는 적응력을 갖고 있다는 자신감이었다.

한편 형, 수민은 사업체가 다섯 개로 늘어나고 재산도 몇백억대 자산가로 치부(恥部)하면서 돈을 벌 줄만 알았지 쓸 줄을 모르는 제3의 수전노 같은 욕심쟁이가 되어 가고 있었다.

돈이 많아지면 좋은 곳에 아낌없이 써야 한다. 그래야 자신에게도 좋고 자식들도 복을 많이 받아 후세 자손들이 더욱 번창할 것이다.

그러던 어느 날, 한 가지 좋은 소식이 들려왔다. 동생 수빈과 신혼여행을 하고 온 뒤 첫째 아들을 낳은 것이다. 2년 뒤에는 둘째 아들까지 낳아서 가정의 부족했던 행복을 모두 채워 놓았다.

수민이는 세상에 부러울 것이 없었다. 날마다 귀여운 아이들을 보는 즐거움과 계속 불어 나는 재산을 관리하는 재미로 온 세상이 자기 것인 양, 행복한 날들을 보내고 있었다.

그러나 호사다마라고 그에게도 안 좋은 소문이 떠돌기 시작했다. 잘생긴 얼굴 때문에 뭇 여성들의 선망의 대상이 되어 인생살이를 즐겼던 수민이었다. 사촌 간이지만 친형제처럼 정을 주었던 수빈이는 좋지 못한 소문의 진위를 알고 싶었다.

어느 날, 수민의 사무실을 찾았다. 널따란 사장실에는 커다란 책상과 응접 소파만이 덩그렇게 자리를 잡고 있었고 책상 위에는 예쁜 여비서가 꽃꽂이를 해놓은 생화가 아름다움을 자랑하면서 수빈이를 반겨 주었다.

"형, 잘 있었어."

"그럼 잘 있제."

"사업은 잘되고 있는 거지."

"사업체가 커지니까 관리하기에 어려움이 있지만, 그런대로 잘 돌아가고 있어."

신혼여행을 갔다 온 뒤로 처음 만난 두 사람은 이런저런 얘기로 시간을 보냈다. 수빈이가 형을 보고 느낀 것은 지금의 행복 뒤에는 불행도 반드시 찾아오기 때문에 그에 대한 대비도 해야 하는데 언제까지 이렇게 호사를 누릴 것 같은 표정을 하는지 걱정되었다.

"어린애들 보고 있으면 좋제?"

"그럼 꽉 물어주고 싶은 만큼 이뻐야."

"지금 생활이 엄청 행복하겠네."

"그래 지금이 내 생애에 최고의 시절인가 봐."

"그런데 형, 요즘 다른 여자와 연애하고 있어?"

"아니야. 그런 일 없는데 누가 말하던가."

"그런 소문이 있더라고."

"걱정하지 마. 아무런 문제 없을 테니까."

"조심해 여자 문제는 잘못하면 낭패가 될 수 있으니까."

"알았다, 조심할게."

그날 수민과 수빈은 많은 이야기를 나누었고 오랜만에 점심을 같이하면서 서로가 사회에서 좋은 사람으로 평가받도록 노력하자고 약속을 하면서 헤어졌다.

세월은 자연의 순리에 따라 계속 흘러가고 연륜도 점차 쌓여갔다. 수빈이는 1남 2녀의 가장이 되면서 직장에서도 때가 되면 승진을 해서 삶의 즐거움을 알아가고 있었다.

많은 돈은 없지만 먹고 아이들 가르치고 가정을 이끌어가는 데 필요한 경비는 아쉬운 대로 부족함이 없었다. 그러던 어느 날 형으로부터 다급한 전화가 걸려 왔다. 한번 만나서 동생의 의견을 들어보고 싶다고.

무슨 일인지 궁금했다. 둘은 조용한 찻집에서 만났다. 수민이의 얼굴이 수척해진 것 같았다. 수빈이는 무슨 일인지 궁금했다.

"형, 무슨 일 있어?"

"걱정이 생겼어."

"무슨 걱정인데?"

"보험회사 다니는 여자를 알았거든. 하룻밤 잔 것이 애가 생겼다고 하네."

"사고 쳤구만."

"그럴 거라곤 생각도 못 했어. 내 나이 육십이 넘었잖어. 어떡하면 좋으냐."

"어떡허긴 돈 주면서 떼라고 해야제."

"줄 돈 없어."

"형, 이런 말 들어보았는가? 이 세상은 빈손으로 왔다가 빈손으로 간다는 말."

"형, 두 여자에게 자식이 있으면 골치 아파. 무조건 돈 주면서 수술받으라고 하라니까."

"형수가 돈을 관리하니까 나는 돈이 없어."

"그럼 형수한테 잘못했다고 이실직고하고 도와달라고 말해봐."

"말 못 한다니까."

"그럼 그냥 낳으라고 할 거야."

"그런 게 동생한테 상의하는 거야."

"나에게도 뾰족한 해결 방법이 없어. 무조건 형수님한테 빌고 해결하는 수밖에."

수빈이는 화가 났다. 책임질 수 없으면 바람을 피우지 말든지, 피웠으면 수백억 재산을 가지고 있으니 먹고 살 수 있을 만큼 보상을 해주든지 해야지 도대체 그 불량한 양심을 진즉 알고 있었지만 그 정도일 줄은 정말 몰랐다.

"형, 내가 도와줄 방법도 없고 그 여자를 만나서 어떠한 얘기도 할 만한 처지가 아니니까 알아서 잘 처신해. 사회에서 지탄받는 사람은 되지 말고."

씁쓸한 마음으로 둘은 헤어졌다. 돈이 들어가도 꼭 수술해서 미래에 불행한 씨앗을 남기지 않기를 바라는 마음이었다.

그 뒤로 일 년쯤 지났을까? 그 여자가 애를 낳았다는 소식이 전해졌다. 여자의 남편이 법원에 소송을 제기하여 진행 중이라는 말을 듣게 된 것이다.

담당 판사가 사건을 심의하면서 불미스러운 일들이 주변에 아주 나쁜 이야기로 회자 되고 있었다. 수민이가 자기 자식이 아니라고 잡아떼면서 다른 남자들하고도 수많은 관계를 가졌을 텐데 그런 여자의 애를 어떻게 내 새끼라고 단정 지을 수 있냐는 궤변을 늘어놓았다고 한다.

결국은 판사의 지시로 DNA 검사를 의뢰했고, 수민의 애가 맞다는 결과가 나와서 어쩔 수 없이 위자료를 그 여자의 남편에게 주고 갓난아이는 수민이 친동생인 수철이가 기르게 했다는 것이다.

 그런데 더 한심스러운 것은 동생이 애를 키우는데 양육비를 하나도 주지 않고 있어 불만이 많다고 했다.

 세월은 흘러 수민이는 늙고 아이는 커서 고등학생이 되었다. 수민의 시신이 땅에 묻힌 지 1년쯤 지났을 무렵 아이를 키운 친동생 수철과 친조카 사이에 소송이 제기되었다. 또 한 번 친자확인을 하라는 법원의 요구가 있자, 아들이 자기 아버지의 흔적을 없애버리기 위해 무덤을 파헤쳐 태워버리는 비극적인 일이 일어났다. 그것은 전생에 잘못된 삶을 살면서 짊어진 업보라고 생각되었다.

 수빈이는 그 애가 어떻게 자라고 있는지 궁금했다. 친동생인 수철은 가진 돈은 없어도 인성이 좋고 주위에서 좋은 사람이라고 평가받고 살고 있었다.

 친형의 불미스러운 행동으로 뿌린 씨앗을 어떻게 키우고 있는지, 양육비는 받고 있는지, 모든 것이 알고 싶었다.

 어린애가 태어난 지 1년쯤 지났을 무렵 수철을 만났다.

"형의 애는 잘 크고 있니?"

"네, 잘 크고 있어요."

"형이 양육비는 보내냐?"

"안 보내요. 그런다고 달라고 하기도 그래요."

"그래도 양육비는 달라고 해야지."

"형이 알아서 하겠지요."

"양육비 안 주면 형한테 애를 보내지 그러냐."

"안 돼요. 애가 얼마나 이쁜데요. 1년 동안 정이 흠뻑 들어서 양육비 안 주어도 저희가 키울 거에요."

"돈이 많이 들어갈 텐데."

"우윳값이라도 벌려고 애 엄마가 아파트 계단 청소도 하고 식당 허드렛일도 해서 우유 사고 그래요."

수빈이는 말문이 막혀 버렸다. 몇백 억대 부자가 최소한의 양육비는 주어야 할 텐데 그거마저 안 준다는 것은 돈에 대한 욕심이 머리끝까지 찼다고 생각을 하니 형 수민이가 인간으로 느껴지지 않았다.

남녀의 불륜 관계로 태어난 애가 무슨 잘못이 있어 이 크나큰 업보를 뒤집어썼을까, 그리고 그 애는 앞으로 얼마나 불행한 삶을 살아갈까 참으로 안타까웠다.

수빈이는 늘 살아온 세월을 뒤돌아본다. 세상을 살면서 잘못한 일은 없는지, 주위 사람들로부터 욕은 먹고 있지 않는지,

형 수민은 잘생긴 얼굴을 갖고 태어나서 남들에게 못된 일까지 하면서 많은 재산을 모았고 주변 사람들을 자기 가슴

속에 안아 버릴 것 같은 언변으로 뭇 여성들을 조롱하며 즐겼던 사람이 아니던가.

  수민이란 사람은 인생을 살면서 참회라는 것을 단 한 번도 생각해 보지 않는 사람이었다.

  형이 무척 싫었지만 그래도 쌓인 정 때문에 마음이 쓰이고 안타까웠다. 그 뒤로 두 형제의 사이는 멀어졌다. 성격이 완전히 다른 사촌 간의 우정이 끝나는 듯 싶었다.

  할아버지로부터 '신과언'을 물려받은 수민, 그는 엄청난 부와 수많은 여인을 거느린 삶을 살았다. 그러나 '서와판'을 물려받은 수빈의 삶은 너무 달랐다. 세상을 고지식하게 살아왔기 때문이다.

  언행일치를 꼭 실행했던 그는 그것이 인생을 살아가는 바른길이라고 생각하면서 착실하게 공무원으로서 품위를 지키고 살았다.

  두 형제가 칠십 대 중반에 접어들었을 때 미움이 컸던 형 수민이가 폐암에 걸려 의료시설이 좋은 서울의 병원에서 수술하고 방사선 치료를 받는다는 소식이 왔다.

  재산이 많으면 주위의 불우한 사람들을 도와주며 보람 있는 삶을 살았으면 좋았을 텐데, 이제 삶이 얼마 남아 있지 않아 생에 대한 애착이 더욱 크리라 생각되었다.

수빈이는 어릴 때 친형제처럼 지낸 수민이와의 애증의 세월을 보낸 것을 생각하면서 마지막으로 하직 인사라도 해야 할 것 같았다. 오랜만에 전화를 했다.
"형, 그동안 잘 있었어?"
"몸은 좀 아프지만 괜찮아."
"폐암 수술했다며."
"방사선 치료 잘 받으면 좋아진대."
"빨리 건강이 회복되었으면 좋으련만."
"생각해주어서 고맙다."
"이번 일요일 형수랑 점심이나 할까. 바다가 있는 먼 곳으로 가서."
"좋지 그렇게 하자."
삶의 여정이 많이 달랐지만 암수술을 했다는데 그래도 그냥 모른 체 할 수는 없었다.
사촌 형 수민과 형수, 수빈과 그의 처, 이렇게 네 사람이 오붓한 시간을 갖는 것이 40년쯤 된 것 같았다. 신혼여행을 같이 갔던 그때를 생각하며 수빈이가 운전하는 차에 올라탄 형네 부부의 표정이 너무 밝았다.
도심에서 멀리 떨어진 해안가 식당이었다. 푸짐하게 차려진 한식으로 점심을 먹고 건어물을 파는 가게에서 굴비 등

선물을 샀다. 아픈 몸을 잘 추스르고 밥맛이 나도록 입맛 돋우는 말린 생선들이었다. 그리고 해변가를 드라이브하면서 신혼여행 갔던 일 등 옛날이야기들을 하면서 즐거운 시간을 보냈다. 바다는 먼 옛날이나 지금이나 하얀 물보라를 일으키며 거센 파도가 밀려왔다.

푸른 바다는 언제나 변함이 없건만 인간은 만나면 반드시 헤어져야 하는 진리는 변함이 없다. 수빈은 마음속으로 형과 인생길의 끝에서 지금 이 순간 하직 인사를 하고 싶었던 것이다.

이제 헤어지면 살아서는 다시 만나지 못할 것이라는 느낌이 들어 서글픈 생각이 밀려 왔다.

몇 개월이 지난 뒤, 수민이는 저세상으로 떠났다. 살아온 나이는 같은데 먼저 떠나는 형을 보면서 수빈이도 얼마 남아 있지 않은 생을 걱정해야 할 때가 된 것 같았다.

죽어서 땅속에 묻히는 것을 보면서 바람에 파도치듯 흔들리는 청보리밭 사잇길로 학교에 가던 생각이 떠올랐다. 그 시절이 형과 함께 즐겁게 살았던 유년 시절이 아니었던가!

흙으로 돌아가는 것을 보면서 마지막으로 하고 싶었던 말이 생각났다.

"형, 먼저 가 있어 나도 곧 갈 테니까. 저승이 이승과 같다면 다음 생에는 좋은 일만 하고 살아. 저승에 가서 잘못한 업보를 어떻게 다 감당할 거야."

그러나 마음은 슬펐다.

수빈이는 공직생활을 별일 없이 잘 마무리하고 남은 인생을 자연 속에서 살고 싶었다. 아무에게도 간섭받지 않고 외롭지만 혼자서 농사도 지어보고 숲도 가꾸고 인생의 끝을 단순하고 소박하게 그리고 고요하게 살고 싶었다.

할아버지로부터 '서와판'을 물려받은 수빈이는 지금까지 세상을 정직하고 겸손하게 살았다는 나름의 생각을 가지고 있었다.

그러나 자기 자신을 되돌아보며 반성의 기회도 가져보았다. 세상을 살아오면서 남에게 피해는 주지 않았을까, 주위 사람들에게 욕먹을 짓은 하지 않았을까. 스스로 생각해 보지만 주변 사람들이 정확하게 판단해 줄 것이라 생각했다.

형 수민이가 세상을 떠난 뒤 깊은 산속에 조그마한 산장을 짓고 새로운 인생길로 접어들었다. 산속 이곳저곳에 철쭉꽃 단지도 만들고 수국을 비롯해 수많은 나무를 심었다.

혼자 살고 있는 늙은이를 보기 위해 찾아오는 자식들과 예

뻐서 마음을 빼앗긴 손주들, 이 모든 것이 행복이었다. 찾아오는 방문객들이 철따라 따서 먹을 수 있도록 여러 종류의 과일나무도 심어 두었다.

깊은 산속이라 그들에게 색다른 즐거움을 주기 위한 배려지만 얼마나 많은 방문객이 찾아와서 수빈의 마음을 흡족하게 해줄지는 아무도 모르는 일이다.

앞으로 숨을 쉬고 살날이 얼마쯤 남아 있을지는 그 자신도 알 수 없기 때문이었다. 다만 죽음이 찾아올 때까지 즐겁고 행복한 생활을 하다가 눈을 감게 해달라는 바람을 가져볼 뿐이다. 이승과 헤어질 날이 얼마 남아 있지는 않지만, 수빈이는 오늘도 깊은 산속에서 소나무 가지를 스치는 바람 소리와 여러 종류의 새들이 창문 앞에 와서 노래하는 소리를 들으면서 파란 하늘 높이 떠서 두둥실 흐르는 구름 속으로 자기 영혼이 사라지는 꿈을 꾼다.

야자수에 가린 달빛

1

 뜨거운 태양이 대지를 달구는 베트남의 기후는 건기에서 우기로 넘어가는 시기였다. 종현이가 근무하는 사단이 6개월간 전쟁에 참여하기 위한 적응훈련을 받고 한 사람의 낙오자도 없이 이곳 베트남 전쟁터에 왔다.
 말로만 듣고 파병된 전우들 사이에서는 전투에서 사상자가 많이 발생하기 때문에 살아서 고국으로 돌아가기는 어렵다면서 아주 위험한 곳이라는 흉흉한 소문이 떠돌아다녔다.

 부대가 주둔할 지역은 닌호아 부근에서 상당히 떨어진 혼헤오산 코앞의 74고지였다. 그곳에 도착하고 보니 완전 정글이었다. 이곳에 와서 처음으로 보게 된 야자수는 잎이 하늘을 향해 쭉쭉 뻗어 있고 침엽수처럼 갈기갈기 찢어진 뾰족한 것들이 위쪽을 보고 치솟는가 하면 아래쪽에 있는 잎들은 능수버들처럼 축 늘어뜨리고 둥근 열매를 주렁주렁 매달고 있는 것이 열대의 정취가 물씬 풍기는 것 같아 여유가 생기고 긴장했던 마음도 한결 누구러졌다.

주둔지에 도착하자마자 낮에는 땅속 깊숙한 곳에 숙소를 짓고 교통호를 뚫어 방어진지를 구축하는 데 3개월이 걸렸다. 열대지방이라 우기가 되면 스콜이라는 소낙비가 세차게 내리고 빗줄기 사이로 순간순간 아버지와 어머니, 형제들의 얼굴이 환상처럼 나타나면서 고향 생각에 빠져들 때가 많았다.

부대 앞 몇백 미터 전방에서 밤에 첨병을 설 때면 야자수 끝에 걸린 보름달을 보면서 고향 생각에 젖어 들지만 불안하면서도 처량한 마음이 뼛속 깊이 파고드는 것은 어쩔수 없는 현실이었다.

전쟁터이지만 즐길 거리도 있었다. 부대 안의 망고나무에서 떨어진 맛있는 열대 과일에 맛들인 장교나 사병이 아침 일찍 나무 밑을 서성거리던 일, 장난기 많은 녀석이 원숭이를 잡아 목줄을 매달아 부대 앞에서 함께 보초를 서던 일

등, 추억에 남는 일도 많았다.

 종현이 처음 베트남 정글에 내동댕이쳐져 낮으로는 눈코 뜰 새 없이 진지구축 작업을 하고 야간에는 우리들의 적인 베트콩들이 출몰한다는 첩보가 있으면 수시로 작전에 투입되곤 할 때였다.

 우리 부대는 사단 수색 중대로써 사단본부를 적으로부터 방어하기 위해 야트막하고 들판에 우뚝 솟아 있는 해발 74m의 산꼭대기에 진지를 구축하고 있었다.

 이곳은 바로 앞에 높은 산이 위치해 있고, 산속 정글에는 베트콩들이 야간기습을 자주 하기 때문에 삼중 사중으로 방어용 철조망을 둘러치고 밤으로는 155mm 곡사포의 지원을 받아 조명탄으로 부대 상공을 환하게 밝혀 그들이 진지에 침투하지 못하도록 하면서 하루하루를 보내고 있었던 때였다.

 포탄이 날아올 때면 하늘에서 '쉬쉬쉬…' 날아오는 소리가 온몸에 소름을 돋게 했다. 어느 날 밤 부대 1km 전방, 야자수 숲으로 둘러싸인 부락에 10여 명의 베트콩이 잠입했다는 첩보를 받은 것이다. 야간 전투는 처음이라 바짝 긴장하면서 위험을 느꼈다. 캄캄한 밤에 별빛을 바라보며 행군도 하고 수색도 해야 하지만 그것보다 더 무서운 것은 불안한 마음과 공포감이었다. 작전에는 2개 소대가 투입되었다.

M16소총에 최대한 많은 실탄을 휴대하고 수류탄으로 무장했다. 그리고 방탄조끼도 입었다. 부락까지는 좁은 길로 연결되어 있었다. 1소대는 길 왼편으로 2소대는 길 오른쪽으로 최대한 자세를 낮추고 그들이 있는 곳으로 조심스럽게 접근하고 있었다.

수색대원들은 긴장감으로 온정신을 한곳으로 집중하면서 어디서 날아올지 모르는 총탄을 경계해야 했다. 부락 주변으로 접근하면서 엎드린 자세로 동정을 살펴야 그들로부터 기습공격을 피할 수 있다. 그날따라 칠흑 같은 어둠 속에 하늘의 별빛은 유난히도 반짝거리고 부락에는 십여 채의 집들만이 고요 속에 잠들어 있었다. 부대원들은 숨을 죽이고 조용하게 한 집 한 집 수색을 시작했으나 집안에는 여자들과 어린애들만이 눈에 보였다.

누군가 잘못된 첩보를 제공했던 것이다. 첫 번째 주어진 야간 전투인지라 잔뜩 긴장하고 적들과 마주칠 때의 공포감이 갑자기 사라진 뒤의 기분은 다행이라고 해야 할지, 한판 붙는다는 생각을 했었는데 그렇지 못해서 허탈하다 해야 할지 긴장감이 한순간에 내려앉고 말았다.

그날 밤은 아무런 사고 없이 작전은 끝났다. 그리고 전원 부대로 복귀했다. 만약 그 부락에 적들이 숨어 있었다면 총탄이 난무하는 죽음의 현장이 되면서 서로의 피해가 많았으리라.

  다음날, 부대에 C—레이션과 음료수 등 보급품이 헬리콥터에 실려 왔다. 아직 차량들이 통행하는 도로는 베트콩들이 지키고 통행료를 받고 있을 때라 공중으로 모든 보급품을 수송할 수밖에 없었던 때였다.
  상급 부대에 갈 때도 정글을 헤치고 갈 수는 없었고 운송 수단은 오직 헬기뿐이었다. 한동안 적들의 움직임이 없었고 비교적 평온한 날들이 계속되었다. 땅속에 숙소 등 모든 시설을 구축해 놓았는데 밖에는 열대성 스콜이 굳은 땅을 촉촉이 적시고 있었다.
  이곳에 온 지 6개월쯤 지난 어느 날이었다. 중대장이 부른다고 빨리 오라는 연락이 왔다. 종현은 무슨 일일까, 궁금하게 생각하며 급히 달려갔다.
  땅을 깊이 파고 구축해 놓은 지휘부는 어두컴컴한데 어딘가와 무전을 주고받는 모습이 진지했다. 중대장이 무전을 끊고 종현을 보면서 정색을 했다.
  "김 병장, 동생 군대에 있는가."
  "네."

"지금 나트랑에 막 도착했다는구먼."

종현은 순간 가슴이 벌떡벌떡 뛰기 시작했다. 나이가 다섯 살이나 어린 동생이었다. 자기 몸 하나 제대로 돌보지 못하는 어린애로만 생각했던 녀석이 생사를 넘나드는 피비린내 나는 전쟁터에 왔다는 말에 부모님 생각이 먼저 떠올랐다. 이 일을 어쩌면 좋단 말인가! 내 목숨도 지키기 어려운 이 상황에 어린 동생까지 돌봐야 한다고 생각하니 참으로 기가 막혔다.

더구나 부모님께 입대한다는 이야기도 안 하고 군대에 지원했다는 말을 들었는데 이곳까지 오다니 가슴이 먹먹해 왔다. 고향의 아는 사람으로부터 들은 말은 녀석이 논산훈련소에서 고된 군사훈련을 받을 때 무거운 M1소총을 키가 작아서 질질 끌고 다니면서 힘겹게 훈련을 마쳤다는 이야기를 들었는데 앞으로 어떻게 이 험난한 곳에서 군대 생활을 버티어 나갈지 걱정이 태산 같았다.

그런데 생사의 갈림길을 헤매야 하는 베트남 전쟁의 현장에 교체 병력으로 왔다고! 우리 사단 병력이 파병된 뒤에는 '강원도 화천군 오음리'라는 곳에서 짧은 기간 전투 기초 훈련만 받고 전쟁에 참전시키던 시기였다.

"동생하고 무전 한번 해볼 건가."

"연결시켜 주십시오."

무전기를 통해서 들려오는 목소리는 아직 앳된 소년이었다.

"종수냐?"

"형인가? 나야 종수."

"뭐하러 왔냐? 위험한 곳에…."

"보고 싶어서. 나 형이 근무하는 부대로 갈 거야. 윗분께 부탁했어! 그쪽으로 배치해달라고."

"여긴 위험한 곳이니까 안전한 곳으로 가거라."

"괜찮아. 형 곁에 있으면 의지하고 좋을 것 같아서."

"그래. 마음은 든든할 거야."

종현은 자꾸 눈물이 나오려는 것을 애써 참았다. 아직 계급이 상병이라서 안전한 부대로 배치가 되었으면 했는데 피를 나눈 형제라서 그런지 굳이 이곳으로 온다고 하니 가슴이 답답하긴 했지만, 다른 부대로 가는 것보다 내 곁에 두고 지켜주면 더 안전할 것 같다는 생각도 들었다. 한편으로는 그 마음이 애틋하고 서로 의지하면서 같이 근무하는 것이 더 좋을 것도 같았다.

그러나 위험한 전투 현장에서 동생을 지켜주기가 쉽지 않을 것이라는 두려움이 더 컸다.

2

이틀 후, 흙먼지를 일으키며 산꼭대기 부대 진지에 헬기가 착륙했다. 아직 어린애 같은 녀석이 내리는 것을 보니 마음이 찡해왔다. 저 어린 것이 생과 사의 갈림길인 이곳에서 잘 버틸 수 있을까? 무사히 살아서 돌아갈 수 있을까? 불안하기만 했다.

하지만 반가워 활짝 웃는 모습에서 진한 형제애를 느낄 수 있었다.

"형, 잘 있었어?"

"잘 있었다. 그런데 여긴 뭐하러 왔냐. 위험한 곳인데 어떻게 하려고."

"형과 같이 있으면 무슨 일이 있어도 든든할 것 같거든."

"그럼 좋겠지만 베트콩들이 쏜 총탄은 인정사정 안 봐준다."

"그래도 형과 같이 있으면 좋아."

"암튼 중대장님께 인사드리러 가자."

친형제가 이렇게 파병된 것은 아주 드문 일이라고 격려해 주시는 중대장의 걱정스러워하는 모습에서 전쟁의 아픔을 느낄 수가 있었다. 그날 밤 간단한 환영식이 있었다.

맥주에 C—레이션 속에 들어 있는 비스킷과 과일이 전부였지만 기분은 좋았다.

회식을 마친 뒤 중대장의 말씀이 있었다. 앞으로 모든 행동을 신중하고 조심스럽게 해야 한다면서 그래야 전쟁터에서 생명을 부지할 수 있다는 말도 함께 해주었다.

"김 상병, 형과 같은 분대에 배치 할 테니까 서로 의지하고 사고당하는 일이 없도록 열심히 근무해라."

"고맙습니다. 열심히 하겠습니다."

"오늘 밤은 형제가 만났으니까 첨병이나 초소 근무는 안 해도 된다. 김종현 병장이 같이 자면서 고향 이야기도 하고 오랜만에 회포를 풀기 바란다."

"네, 알겠습니다."

부대원들이 베풀어준 조촐한 회식이 끝나고 형제 둘만이 남았다. 동생 말로는 어머니가 장남이 베트남 전쟁터로 간 뒤 〈아느냐 그이름 백마부대 용사들〉이라는 노래만 방송에 나오면 계속 눈물을 흘리셨다고 한다. TV를 통해 전쟁의 현장을 보면서 혹여 아들이 잘못될까 불안한 마음을 눈물로 대신했을 어머니 생각에 내 마음은 천 갈래 만 갈래 찢어지는 아픔을 느꼈다.

종현이 군대에 입대하고 동생을 이곳에서 만날 때까지 벌써 1년이 가까워 오고 있었다. 보고 싶은 부모님과 형제들이었다.

동생 종수가 수색 중대에 도착한 날 밤에는 유난히도 74고지 주변에 요란 사격을 많이 했다. 적들이 부대 침투를 막기 위해 수시로 155mm 곡사포탄을 진지 주변에 쏘아 대는 것이 요란 사격이다. 그리고 그날 밤엔 간간이 박격포 공격도 있었다. 하지만 땅속 깊숙이 진지를 구축했기 때문에 부대원들은 아무도 다친 전우는 없었지만, 교체 병력으로 이곳에 온 동생은 포탄이 떨어지는 굉음을 들을 때마다 깜짝깜짝 놀라는 모습에서 새로이 전장에 투입된 신병이라는 것을 알 수 있었다.

그날따라 무수히 진지 위로 떨어지는 포탄들의 소리는 형제간에 참전한 축하의 포탄이라고 혼자 위로의 마음을 가져 보았다. 종수가 이곳에 온 지 일주일 동안 아무 일도 일어나지 않았다.

야간에 경계 근무만 충실하게 서고 작전이 없는 낮으로는 편한 날이 계속되었다. 그러나 전쟁이라는 것이 언제 어떤 일이 일어날지 아무도 모른다. 갑자기 적들의 기습을 받을 수도 있고 첩보가 있으면 밤이건 낮이건 출동해야 하는 것이 전쟁을 하고 있는 군인들의 임무인 것이다.

가끔가다 지형정찰이라도 하게 되면 베트콩들이 설치해 놓은 부비트랩은 항상 전우들의 목숨을 노리고 있다.

그러던 어느 날이었다. 얼마 전에 베트콩이 출몰했다는 첩보를 받고 수색했던 부락에서 또다시 첩보가 들어왔다.

사실 베트남 전쟁은 우리나라 6·25전쟁이 일어나고 맥아더 장군이 인천상륙작전에 성공하면서 후방에 갇혀 버린 공비들과 성격이 비슷했다. 그 당시 공비들은 낮에는 산속에 숨어 살고 밤에만 활동하면서 사람들이 있는 마을로 침투하여 불쌍한 양민들을 학살하고 재물을 약탈하는 것이 그들이 하는 일이었다.

이곳 베트남도 비슷한 전쟁 양상을 띠고 있었다. 그때와 다른 점이 있다면 베트콩들은 밤낮을 가리지 않고 부락에 침투한다는 사실이었다.

우리를 노리는 적들을 잡기 위해 수색 작전을 할 때면 양민과 그들을 구별하는 것이 쉽지 않았다. 그럴 때는 첩보를 제공한 사람에게 협조를 받곤 하지만 그래도 구분하여 가려내는 것은 참으로 어려운 일이었다. 그날따라 비가 엄청 쏟아지고 있었다. 그러나 작전이라는 것이 비가 온다고 뒤로 미룰 수도 없는 것이 전쟁터가 아니던가!

  그날도 비옷을 입고 작전지역으로 출동하라는 명령이 떨어졌다. 이번에는 동생 종수와 처음 같이하는 수색 작전이다. 종현은 같은 부대의 분대라는 팀 단위에서 근무하게 되면서 죽어도 같이 죽고 살아도 같이 살아야겠다는 굳은 결심을 했기 때문에 서로 의지할 수 있다는 믿음이 있었지만, 한편으로는 작전에 처음 투입되는 동생이 불안하기도 하고 근심스러웠다.

  "종수야 M16소총 실탄을 최대한 챙겨라. 그리고 수류탄도 가질 수 있을 만큼 몸에 지녀야 한다. 방탄조끼는 불편하더라도 꼭 입어야 된다. 너의 생명을 지켜주는 수호신이 될 것이다."

  "알았어. 총소리 들리면 땅에 납작 엎드리면 되제."

  "그래야 총탄 안 맞는다."

  종현은 출동하기 전에 종수보다 먼저 이곳 전쟁터에 온 선임으로서 경험을 살려 주의를 단단히 주고 출발했다. 작전에 투입된 병력은 1개 소대였다.

이번에는 부락까지 가는 좁은 오솔길을 선택하였고 길에서 조금 벗어나면 정글 지대였다.

대원들은 길 양쪽으로 몸을 낮추면서 접근하고 있을 때, 갑자기 총성이 울리고 '핑' 하고 총탄이 종현의 귓전을 스치고 지나갔다. 모두 엎드린 대원들은 조용히 숨을 가다듬고 있었다. 그리고 두 번째 총성이 울렸다.

어딘가에 매복하고 있는 저격수가 쏜 총탄인 것 같았다. 모두가 낮은 포복으로 총탄이 날아오는 방향을 향해 전진하기 시작했다. 이제 적을 잡느냐 잡히느냐 하는 절체절명의 순간이 온 것이다.

수없이 날아오는 총탄 때문에 앞으로 전진하기가 매우 어려운 상황이었다. 집중 사격이 우리 분대를 향해 쏟아지기 시작했다. 모두 엎드려 숨도 쉬지 못하고 앞을 주시하고 있을 때 고함소리가 들렸다.

"김 상병, 엉덩이 낮춰!"

"알겠습니다!"

조금 떨어진 곳에 있던 문 상병이 소리친 건 김종수 상병을 향해서이다. 총소리에 놀라 머리만 땅에 박고 엉덩이는 하늘을 향해 들고 있는 것을 보고 위험하다고 판단해서 고함을 쳤던 것이다. 긴박한 상황에서 웃음이 나오기도 했다.

마치 꿩이 사람이 쫓으면 급한 김에 구멍에 머리만 처박고 있는 것처럼.

교체 병력으로 처음 작전에 투입되면 흔히 볼 수 있는 일이었다. 총탄은 계속 날아왔다. 소대원들은 M16소총의 기능을 최대한 활용하면서 작전에 임하고 있었다.

자동화기로 쏘려면 단추 하나만 앞으로 젖히면 20발 탄환이 3초면 적들을 향해서 불을 뿜는다. 적들에게 총공세를 펼칠 때면 모두가 이렇게 총기를 사용한다. 모든 화기는 탄환이 날아오는 곳을 향해 집중 사격을 가하면서 부락을 접수할 수 있었다.

베트콩들은 정글 속으로 자취를 감추었다. 도망가는 적들을 더 이상 쫓을 필요는 없다. 정글은 그들의 요새이면서 생활 터전으로 쫓아가면 우리의 전우가 당할 수도 있기 때문이다.

숨어있는 적을 모두가 사살하는 것이 전과도 오르고 제일 좋은 방법이지만, 부락에는 앞으로 얼씬도 못하도록 강한 압박을 가하는 것도 최선의 방법이었다. 작전을 할 때에는 주민을 보호하면서 적들을 소탕해야 하는 어려움이 있었다.

전투 중에 고함을 질렀던 문 병장이 팔뚝을 스치는 총탄에 약간의 피를 흘렸을 뿐이지만 경미한 부상으로도 이역만리

타국에서 다치거나 죽는 것을 보면 누구나 복수심에 눈알이 뒤집힐 때가 많았다. 그러나 이번 전투에서는 부대원 모두가 무사히 귀환할 수 있어 신께 감사했다.

3

작전이 끝나고 잠시 휴식을 취할 수 있었다. 지형정찰이나 수색 작전이 없는 날에는 인근 정글이나 들판에 무진장 널려 있는 바나나 열매를 통째로 꺾어다가 땅속 깊은 곳 숙소에 걸어놓고 잘 익은 것부터 하나, 둘 따먹는 것도 전쟁 중에만 느낄 수 있는 재미였다.

종현은 귀국 날짜가 다가오는 것이 불안하기만 했다. 다른 사람들은 손꼽아 기다리는 귀국 날짜가 나에겐 커다란 고민거리가 되고 귀국을 해야 할까 아니면 연기해서 동생을 데리고 가야 할까 수많은 생각이 머리를 아프게 했다. 형이 없는 전쟁터에 종수를 홀로 남겨두고 귀국해야 하는 종현은 몇 날을 깊은 시름에 잠기며 생각에 생각을 거듭했다.

그러면서도 작전이 없는 날에는 우리 부대가 보호하고 있는 부락에 나가 대민 지원도 열심히 해서 그들로부터 호감을 갖도록 하는 것도 작전 임무 중의 하나이기도 했다.

대민 지원 가는 부락에는 노인이나 여자들 그리고 어린아이들이 대부분이었다. 주로 모심기를 도와주는 일이 많았는데 농부들은 거의 검정 옷을 입고 있었다. 더위에 세탁하기도 싫어 먼지나 때가 묻어도 겉으로 잘 나타나지 않는 옷을 입는 것일까?

열대지방이라 시아스타라는 낮잠 시간이 있었다. 나무와 나무 사이에 그물 침대를 걸어놓고 어른이나 아이들이나 흔들흔들 낮잠을 즐기는 사람들을 보면서 과연 이곳이 전쟁을 하고 있는 나라인가 의심이 들 때가 많았다.

부락의 남자들은 거의 군대에 끌려가거나 베트콩 측에 가담하여 산속에 잠적해 찾아보기 힘들었다.

그곳에서 종현은 일곱 살쯤 되어 보이는 어린애를 만났다. 옷은 때가 묻어 꾀죄죄하고 신발도 신지 않은 발은 굳은살이 배겨 가죽처럼 험상궂게 보였다. 전쟁을 치르고 있는 나라이기 때문에 경제적으로 가난할 수밖에 없지만 어린애들의 몰골은 말이 아니었다.

아이는 종현을 보더니 손짓과 발짓 그리고 온몸으로 자기의 의사를 표현하려고 세계적인 의사소통 방법을 쓰고 있었다.

종현도 국제적인 바디랭귀지로 그 녀석이 무엇을 원하는지 물었다.

"너의 이름이 뭐니?"

몸짓으로 물어보는 뜻을 알아들었을지 궁금했다. 놀랍게도 그 애는 "응우옌"이라고 말해주었다.

"그래. 뭐가 필요하니."

"맛있는 과자 주세요."

손가락으로 입에 무엇인가를 넣는 손짓을 보면서 아마도 이 녀석이 배가 고파 먹을 것을 달라고 하는 것 같았다. 무엇인가 먹고 싶은 것을 달라고 할 때 "짭짭"이라고 하면 그것이 국제적인 소통 언어였다.

안타깝기도 했지만 측은한 생각이 들어 이 아이가 원하는 것을 도와주고 싶었다. 전쟁은 인류가 만들어 낸 최악의 범죄 행위다. 살인과 약탈이 뒤따르기 때문이다. 그 속에서 가장 피해를 많이 보는 것은 아직 세상 물정을 모르는 어린애들인 것이다.

가진 것이라고는 전투 야전 식량인 C—레이션밖에 없는데 그거라도 주어야겠다는 생각을 했다.

"애야, 이거라도 먹어라."

그 아이에게 줄 수 있는 것이라고는 비스킷과 껌뿐이었다. 무엇이든 더 주어서 애들의 배고픔을 달래주었으면 좋겠지만 그렇게 할 수 없는 것이 뇌리 속에 상처로 남았다. 아픈 마음을 가슴속에 담고 부대로 돌아오는 길은 씁쓸했다.

그날 이후 시간이 있으면 그 애를 보러 갔다. 고향에 있는 응우옌 나이 또래의 막둥이 동생을 생각하며 그 녀석을 만나러 갈 때는 항상 먹을 것을 챙겼다.

종현의 귀국 날짜는 하루하루 다가오고 있었다. 파병된 지 벌써 1년이 훌쩍 지나가면서 그동안 이곳에서 전투에 참여했던 일들을 회상할 때가 많았다.

살벌한 전쟁터에서도 동생 종수와 같이 전투 현장에서 아슬아슬한 죽음의 고비를 넘길 때마다 얼마나 공포스러웠던가.

그런데 그런 동생을 위험한 전장에 혼자 남겨두고 홀로 귀국해야 한다고 생각하니 밤잠이 오지 않았다.

"종수야, 형의 귀국 날짜가 다가오는데 어떻게 하면 좋을까."

"형은 귀국해야제. 여긴 위험하니까 하루라도 빨리 이곳을 빠져나가는 것이 좋을 거야."

"하지만 널 혼자 두고 간다는 것은 마음이 안 놓여 못 갈 것 같구나."

"그래도 가야 돼. 고향에서 가난으로 고생하시는 부모님이 계시잖아."

"그렇긴 하지만."

두 형제는 밤이 새는 줄도 모르고 어떻게 해야 할 것인가 고민을 했다. 며칠 후 비가 보슬보슬 내리는 밤이었다. 느닷없이 "쾅 쾅 쾅" 진지 위로 박격포탄이 떨어졌다. 10여 분간을 집중 포격을 받은 것이다.

베트콩들이 갑자기 포격을 가해서 진지 밖으로 나와 있는 부대원들을 겨냥한 것 같았지만 다행히도 땅속 깊은 곳에 은신하고 있던 전우들은 한 사람도 다치지 않고 그날 밤을 무사히 보냈다.

위험한 전쟁터라 동생을 보호하기 위해 복무기간을 연장하여 함께 귀국해야겠다는 생각을 하고 있던 때 집중 포격을 받고 보니 앞으로 어떻게 해야 할지 참으로 판단하기 쉽지 않았다.

종현이 귀국하기 열흘 전쯤 동생과 마주 앉았다.

"아무래도 혼자는 못 갈 것 같다."

"무슨 소리야. 박격포탄 소리 못 들었어? 우리 머리 위로 떨어지지 않아 둘 중 하나라도 살아야제."

종수는 강력하게 형이 귀국 날짜에 맞추어 집으로 돌아가기를 바라는 것 같았다.

"걱정 말고 귀국해."

"네가 걱정되니까 그렇지."

"형, 이제 나도 전쟁터에서 죽지 않고 살아나가는 방법을 알았어. 걱정 말고 가라구."

그렇게 말은 하지만 저 깊은 곳 마음속에는 형이 떠나면 얼마나 허전해할까. 마음속 기둥이 무너져 내리는 느낌이겠지! 그 마음을 종수의 얼굴 표정에서 읽을 수 있었다.

사실 종현은 포탄이 진지 위로 떨어지던 날, 우리 형제 중 한 사람이라도 살아 돌아가는 것이 집안을 위해서 더 바람직하다고 생각하기도 했었다.

"종수야, 그럼 먼저 갈게. 몸조심하고 있다가 뒤에 올래."

"당연히 그래야제."

"당연한 건 아니다. 죽어도 같이 죽고 살아도 같이 사는 것이 형제가 아니더냐."

"그건 그렇지만."

끝맺는 말이 역시 혼자 남는다는 것은 허전하고 의지할 곳이 없어지기 때문에 불안한 표정을 지었다.

형과 같이 있어 생명을 보장받는 것은 아니지만 그동안 함께여서 얼마나 든든했는지 모른다라고 말하는 것 같았다.

종현이 귀국길에 오르기 전날 밤, 그들은 야자수 끝에 가려진 달빛을 보면서 고향 생각, 부모님과 형제들 생각으로 깊은 침묵에 빠져 있었다.

다음날, 귀국 전우들과 함께 군용 트럭에 올랐다. 동생은 아무 말도 하지 않았다. 손을 흔들어 작별의 아쉬움을 전했지만, 녀석의 얼굴은 아래쪽으로 숙인 채 형을 바라보지 않았다. 울컥 울음이 터져 나왔다. 차가 서서히 출발하기 시작했다.

"종수야, 사고 당하지 말고 잘 있다 와라."

귀국 장병 수송 트럭을 타고 출발하면서 큰소리로 고함을 질러서 알아들을 수 있도록 했지만, 형을 바라보는 모습이 왜 그렇게 처량하게 보이는지 마음이 찢어지는 것 같았다.

동생은 여전히 고개를 숙인 채 형의 가는 모습을 보지 않으려고 하면서 손만 흔들고 있었다.

종현은 눈물을 흘리지 않기 위해 아무리 애써 보았지만, 자꾸 눈물이 나왔다. 울지 않으려고 안간힘을 썼는데 자기의 의지와는 전혀 상관없이 볼을 타고 계속 흘러내리고 있었다.

수송 차량은 일번 국도를 달리기 시작했다. 도로 사정이 좋지 못한 이곳에서 차는 덜컹거리며 달리고 있지만, 종현은 아직 어린 동생을 혼자 전쟁터에 남겨두고 간다는 죄책감과 중압감으로 앞이 보이지 않았다.

부대를 출발해서 귀국선이 기다리는 나트랑까지 오면서 도로 주변에는 열대의 야자수가 즐비하게 늘어서서 귀국길의 전우들을 환송해주지만 아무것도 보이지 않고 쉴 새 없이 눈물은 얼굴을 적시고 있었다.

그런가 하면 홀로 남겨둔 동생이 작전에 투입되었다가 총탄을 맞고 쓰러지는 환상이 눈앞에서 어른거렸다.

이대로 그 녀석을 혼자 두고 갈 수 없을 것 같았다. 죽어도 같이 죽고 살아도 같이 살자고 몇 번이나 다짐하지 않았던가.

귀국선을 타기 직전 호송 장교에 부탁해서 종수가 근무하는 중대장과 무전 연락을 할 수 있었다. 피를 나눈 동생을 두고 발걸음이 떨어지지 않아 떠날 수 없으니까 복무기간을 연기해 달라고 말하고 싶었다. 어떻게 하든지 종수를 데리고 귀국해야 만이 부모님께 떳떳하고 종현의 마음도 편안할 것 같았다. 잠시 후 부대와 무전이 연결되었다.

"중대장님, 저 김종현 병장입니다. 도저히 저 혼자 갈 수가 없을 것 같습니다. 근무 기간을 연장해서 동생과 함께 귀국

할 수 있도록 도와주십시오."

거의 울부짖는 소리로 간청하고 있었다.

"네 뜻이 그렇다면 즉시 상부에 보고해서 조치할 테니까 부대에 돌아오도록 하라."

그렇게 해서 종현은 다시 부대로 복귀했다.

"형, 가라니까 왜 돌아왔어."

이렇게 말하는 종수의 얼굴에는 알 수 없는 슬픔과 가녀린 미소를 띠면서 설명할 수 없는 야릇한 표정을 하고 있었다. 형이 다시 돌아와 준 기쁨과 전쟁터라는 사지(死地)에서 빨리 집으로 돌아갈 수 없도록 발목을 잡은 자기 자신에 대한 미안함이 뒤섞여 있는 미소라고 생각되었다. 그 녀석의 눈빛은 유난히도 발광채처럼 반짝이고 있었다.

두 형제는 8개월 후, 나란히 건강한 모습으로 함께 귀국길에 올랐다. 피를 나눈 형제라는 의미가 그때를 떠올리게 하며 더욱더 소중하게 느껴졌다.

두 아들을 맞이하는 부모님의 골이 깊게 파인 얼굴에는 웃음꽃이 핀 것처럼 밝았다.

어머니는 살육의 현장인 전쟁터에서 살아 돌아온 두 아들의 무사 귀환을 축하하기 위해 잔치를 준비하고 계셨다.

얄궂은 인연

1

 여름 햇살이 뜨겁게 내리쬐는 한낮이다. 아스팔트 길이 높은 열기에 녹아내릴 것 같은 오후 시간이었다. 평소에는 인파로 북적거릴 거리가 더위 때문에 한산했다.
 동철은 요즘 직장 일로 스트레스를 받아 지칠 대로 지친 몸을 이끌고 사람들이 북적거리는 곳을 무조건 걷고 싶었다. 상의 옷을 벗어 왼쪽 팔에 걸치고 지나가는 사람들의 표정을 살피면서 느릿느릿 가장자리로 걸어갔다.
 즐비하게 늘어선 상가에선 선풍기나 에어컨을 틀어놓고 더위를 견디고 있는 모습들이 힘들어 보였다. 요즘 들어 그는 얄궂은 인연 때문에 정신적으로 고뇌에 빠질 때가 많다.

면 친척뻘 되는 사람이 갑자기 직장으로 찾아와서 세상을 헛살았다고 신세 한탄을 하면서부터다.

"혹시 동철이 아닌가."

"네, 맞는데요."

나이가 많아서 아랫사람에게 반말을 하는 것은 좋지만 잘 알지도 못한 사람이 예의 없게 말하는 것은 썩 기분 좋은 일은 아니었다.

영감님은 보자마자

"내가 아는 종친한테 부탁해서 찾느라고 힘들었네."

"그래요, 무슨 일로 찾았는데요."

"오늘은 처음 보았으니까 다시 만나서 이야기하세. 다음엔 집으로 갈께."

아닌 밤중에 홍두깨라고 처음 만나 잘 알지도 못하면서 찾아와서 자기 혼자 할 말 다 하고 다음에 보자고 훌쩍 가버린다.

어떻게 사는 곳을 찾았는지, 직장은 어디서 알았는지, 모든 것이 알 수 없는 일이었다. 나이로 봐서는 손위 어른이 맞긴 하는데 황당하기가 이루 말할 수 없었다. 무슨 인연이 있길래 수작을 걸어 오는지 궁금하기 시작했다.

며칠이 지난 후 일요일, 모처럼 집에서 휴식을 취하고 있었다. 동철의 집은 큰 도로에서 좁은 골목길로 들어와 왼쪽으로 꺾으면 막 다른 곳에 나무로 만든 대문이 나타나고 문을 통과하면 좁은 땅에 허름한 기와집이 쓰러질 듯이 서 있는 수십 년의 세월을 버틴 옛날 집이다.

그곳에서 아내와 일곱 살 된 큰딸, 다섯 살 된 둘째 딸, 그리고 이제 막 태어난 아들, 이렇게 오붓하게 살아가고 있었다. 비록 좁은 상하방에서 월세살이를 하고 있지만 행복했다.

아내는 부엌에 들어가면 쥐가 돌아다니고 쥐이가 득실득실하는 부엌을 제일 싫어한다면서 좋은 곳으로 이사를 가자고 매일 볶아 대지만, 동철의 적은 월급으로는 엄두도 내지 못하고 있을 때였다. 오늘도 아내는 신세 한탄을 한다.

"효진 아빠, 나 이 집에서 하루도 못 살겠어요."

즐겁게 쉬어야 할 휴일인데 또 시작이다. 아침에 밥하면서 쥐이에 물려서 몸이 가렵고 고통스럽다고 하소연을 한다.

"조금만 더 참아봐."

"더 이상 참기가 어려워요."

"그래도 이 집이 직장도 가깝고 좋제."

마음속으로는 고생시키는 것이 미안하고 무능한 자신을 한탄하지만 어쩔 수 없는 현실이었다. 고생하는 아내를 조금이라도 위로해 주고 싶었다.

"오늘 애들 데리고 나가서 자장면이라도 먹을까."

"그래요. 아이들 바람도 쐬어줄 겸."

올망졸망한 애들을 데리고 막 대문을 벗어나려고 할 때 며칠 전에 보았던 영감님이 집 안으로 들어오고 있었다. 처음 만났을 때는 잘 몰랐는데 오늘 보니 나이가 70세쯤 되어 보이는 노인네였다. 옷은 추레하게 입었는데 그에게서 풍기는 인품은 초라하게 보이지는 않았다.

"영감님, 우리 집을 어떻게 찾았어요."

"종친한테 물어서 찾았다고 했지 않아."

그의 왼손에는 검은 비닐 봉투가 들려 있었다.

어린애들이 있을 거라 생각하면서 과자 봉지를 들고 온 것이다.

"이거 애들 먹으라고 주어."

"그냥 오셔도 되는데 무얼 사 오셨어요."

평소 남에게 얻어먹는 걸 싫어했던 동철은 썩 내키지 않는 웃음을 지어 보였다.

"지금 애들하고 막 나가려고 하는데요."

"그래 그럼 갔다 와야제."

두말도 하지 않고 뒤돌아서서 나가는 뒷모습에서 약간 측은하고 성격이 강직한 사람일 것이라는 생각이 들었다. 영감님은 무슨 사연이 있어 이렇게 찾아다니는 것일까! 의문을 갖고 아이들과 집 밖으로 나왔다.

조그마한 상하 방에 갇혀 살던 애들이 무척 좋아했다. 큰길에는 사람들도 많이 다니지만 차들도 요란한 소리를 내며 쌩쌩 달리고 있었다. 애들 엄마가 한마디 한다.

"쉬는 날 이렇게 바람 쐬러 나오니까 애들이 좋아하는 것 봐요."

"좋은가 보네."

동철은 짧게 대답하고 큰딸과 작은딸의 손을 잡았다. 아직 젖을 먹는 아들은 지 애미가 등에 업고 길을 걷는다. 직장생활이 바쁘긴 하지만 가끔 이렇게 휴일을 즐기는 것도 괜찮겠다는 생각을 했다.

아들은 엄마 등 뒤에서 잠이 들었고, 딸들은 아빠의 오른팔과 왼팔에 매달려 엄청 즐거운 표정이다.

집에서 가까운 중국 음식점에 들어갔다. 넓은 식당에 많은 사람이 북적거리고 있었다.

잠든 애를 깨우고 자장면을 시켰다. 큰딸이 처음 보는 음식이라 관심이 많다.

"아빠, 엄청 맛있네."

"그래, 맛있으면 많이 먹어라."

모처럼 먹어 보는 중국 음식은 별미가 되었다. 행복한 하루였다. 월세방에 살면서 애들과 꿈같은 하루를 보낸 것이 처음이다. 집으로 가는 길은 발걸음이 가벼웠다. 오랜만에 아이들에게 애비 노릇을 한 것 같았다. 옆에서 무심히 걷던 애들 엄마가 한마디 한다.

"효진 아빠, 모처럼 나왔으니 어디 들려 구경이나 하고 들어가요."

그냥 집으로 가기가 아쉬웠던 모양이다.

"어디 갔음 좋겠어."

동철은 퉁명스럽게 묻는다. 적은 월급으로 빠듯하게 살고 있는데 어디 가서 무엇을 하자는지 불안했기 때문이다.

"백화점 구경이라도 해요."

"돈이 없어 사고 싶은 거 있어도 못사는데 뭐하러 가자고 그래."

"아빠, 심심한데 구경하고 가."

어린 딸이 재촉을 한다. 백화점에서 물건도 구경하고 사람 냄새도 맡으러 가자고. 더 이상 고집을 부리지 못하고 발길이 그곳으로 향했다. 백화점에는 많은 사람이 운집해 있었다.

옷가게, 어린이용품, 잡화 등 다양한 상품들이 쌓여 딴 세상에 온 것 같았다.

사람은 좋은 것을 보면 갖고 싶어 하는 욕망이 본능적으로 발동한다. 예쁜 옷을 본 큰딸이 눈독을 들인다. 사주고 싶은 마음은 굴뚝같지만 가진 돈이 없다.

"애들아, 집에 가자 더 크면 사줄게."

그렇게 밖에 말할 수 없는 애비 마음이 몹시 초라하고 아팠다. 쥐꼬리만 한 월급으로는 그럴 여력이 없다. 남의 집살이를 하면서 백화점에 구경 온 것부터가 잘못이었다. 집으로 돌아오는 발걸음이 무거웠다.

월요일 출근길에 올랐다. 걸어서 10분이면 도착할 수 있는 곳이 직장이다. 동철은 주일의 첫날은 언제나 근무 한 시간 전에 도착해서 일주일의 할 일을 정리하는 것이 몸에 배어 있었다.

9시쯤 문을 열고 들어오는 영감님이 반갑게 웃는다. 벌써 세 번째 만남이다. 궁금했다. 무슨 일이 있어서 그렇게 뜸을 들이는지….

책상 옆에 의자를 밀어 놓고 앉게 한 뒤 무슨 일이 있는지 물었다.

"무슨 일로 오셨어요."

"어려운 부탁 때문에 왔제. 민원 사항이니까 잘 좀 봐주어."

"말씀해 보세요."

그분은 조용하게 자기가 원하는 것이 무엇인지를 또박또박 이야기한다.

선친묘소가 오랜 세월이 지나면서 인접 밭 주인들이 묘역 주변을 깎아 농작물을 심으면서 봉우리만 달랑 남아서 조상님들에게 죄를 짓고 살아간다고 했다.

묘지를 원상대로 복구하고 싶다는 것이 민원 사항이었다. 해결하기가 어렵지는 않지만 현지에서 인접 토지 소유자의 의견도 들어야 할 것 같았다.

"영감님, 현지에 가서 묘지 주변 사람들을 만나야 해결할 수 있을 것 같네요."

"그럼 가봐야제. 언제쯤 갈 건가."

"사흘 후 이리 오세요. 저와 같이 가게요."

현장에서 만나기로 약속을 해도 되겠지만 그분이 택시비와 버스비 등 경비가 들것 같아 사무실로 오도록 한 것이다.

그동안 세 차례 만나면서 친척 같은 생각이 들기도 해서 이왕이면 출발을 같이 했으면 하는 마음에서였다.

2

  사흘 후, 아침 일찍 사무실 문을 열고 들어오는 영감님의 얼굴이 밝게 빛이 난다. 무엇이 그렇게 좋은지 활짝 웃는 모습에서 사무실 동료들도 기분 좋은 하루를 여는 것 같았다.
"출발해 보실까요."
"그래, 일찍 가서 묘역를 보고 싶네."
  사무실 앞에서 택시를 잡아타고 버스 터미널로 향했다. 영감님은 금방이라도 문제가 해결된 듯 연신 싱글벙글이다.
  버스가 출발하고 우리는 창밖을 바라보면서 그분의 선친 묘소를 향해 달리기 시작했다.
  도심을 지나자 농촌 풍경이 시야에 들어왔다. 멀리서 농부들이 밭을 갈고 비료를 주며 농사일을 열심히 하는 것을 보면서 농민들의 하루하루가 몹시 힘들겠구나 느낄 수 있었다.
  가로수는 획획 스쳐 지나가고 시간도 쉬지 않고 우리 곁에서 멀어지고 있었다. 한 시간쯤 달려왔을까? 시골 마을이 나타나고 차에서 내렸다.
  그곳에서 30분을 걸어야 하니까 미안한 생각이 들었을까! 서너 발 앞에서 불편한 다리로 성큼성큼 걷기 시작했다.

동철은 앞서 걸어가는 영감님을 보면서 괜히 기분이 울적해진다. 언젠가는 내 인생도 저분처럼 늙어서 걸음걸이가 불편하게 될 날이 오겠지.

먼 미래를 생각하면서 잠시 어두운 생각에 잠긴다. 십 분쯤 걸었을까? 나이 든 영감님이 숨을 헐떡인다. 걷기가 불편한 모양이다.

"영감님, 걷기가 불편하세요?"

"아직은 괜찮아."

"걸음걸이가 불편해 보이시는데요."

"걱정하지 말고 부지런히 걷자고."

아직도 목적지까지 갈려면 이십여 분이 남아서 무슨 말이든 대화를 하면서 가는 것이 좋을 것 같았다.

길을 걸으면서 이야기라도 하면 먼 길도 고된 줄 모르고 빨리 갈 수 있기 때문이다.

"영감님은 젊었을 때 무슨 일 하셨어요?"

"그럭저럭 보냈어."

자기의 젊은 시절을 말하기가 곤란했을까? 잠시 머뭇거리더니 이내 입을 열었다.

"젊었을 때 종교에 빠져서 정신없이 살았어."

"어떤 종교에 빠졌는데요?"

"거기까지는 말하기 싫어."

과거를 묻는다는 것은 예의가 아닌 것 같아 더 이상 묻지 않기로 했다. 이야기를 하면서 걷다 보니 현장에 도착했다. 주위에는 밭을 경작하는 사람들이 옹기종기 모여서 묘지 경계 다툼이 어떻게 끝 날 것인가 관심을 갖고 지켜보고 있었다.

묘역은 많은 세월이 지나면서 사방에서 파고들어 와 동그란 봉우리만 남아 우스꽝스러운 모습으로 지금까지 자리를 지키고 있었다.

현지에서 인접 토지 소유자들의 의견을 듣고 도면으로 설명을 해주며 묘지의 경계를 표시해 주었다. 그리고 묘지를 훼손했던 밭 주인들이 그것을 인정하면서 민원 사항은 별다른 문제점 없이 해결되었다.

노인의 얼굴이 환하게 밝아졌다. 웃음 띤 모습에서 조상들에게 이제는 부끄럽지 않게 되었다는 표정을 짓고 있었다.

"영감님, 묘역 주변이 넓어졌는데 마음에 드세요?"

"이제 됐어. 선친에게 얼굴을 들 수 있게 되었네."

"오늘 고생하셨어요."

"아니야, 일을 도와준 자네가 고생했제."

이렇게 영감님의 민원 사항은 깔끔하게 해결되었다.

"광주까지 모셔다 드릴게요."

"고맙네, 고생도 많았고."

왔던 길로 되돌아갈 때는 발걸음이 가벼웠다. 걸어서 30분, 시골길 옆 버스정류장에서 기다리는 시간 10여 분이 지난 뒤 버스에 올랐다. 집으로 돌아가는 길은 마음이 흐뭇했다.

아이들과 정을 줄 수 있는 가족이 있다는 것에 새삼 감사했다. 무심히 창밖을 주시하고 있던 영감님이 심심했던지 이야기를 시작한다.

"자네 선친은 무슨 일을 했는가?"

갑자기 집안 사정을 물어 오는 것이 부담스러웠다.

"공직에 있었어요."

"어떤 공직인데?"

"시골 읍사무소에 다녔어요."

"고향이 어딘데?"

"장성읍입니다."

"그런가? 내 동생도 거기에 살았는데."

"그럼 영감님도 어릴 적 장성에 살았겠네요."

우연의 일치라고 하던가. 고향의 먼 일가 친척뻘 되는 사람으로 그동안 일본에 살아서 소식이 끊긴 집안 어른이라는 생각이 들었다. 어릴 때 고향을 떠나 외국에서 고생도 많이 했다고 한다.

일본이라는 나라는 한국 사람이 많이 살고 있으며 우리나라가 남쪽과 북쪽이 갈라져 있듯이 일본에 있는 한국 사람도 북한 쪽에 가까운 '조총련'과 남한 쪽에 가까운 '민단'이 사상적으로 나누어져 서로 싸우며 살아간다고 했다.

동철은 고등학교를 졸업할 무렵 경찰관들이 집으로 찾아와서 친척 중 일본에 살고 있는 사람을 알고 있느냐고 물었던 기억이 떠올랐다. 어렸을 때 일이라 정확하게 생각나지는 않지만, 누군가 조총련에 있으면서 북한에 협조하는 사건이 있지는 않았을까 추측해 보았다.

혹시나 하고 물어보고 싶었다.

"영감님, 혹시 일본에 계실 때 조총련 활동하셨어요?"

"그건 왜 물어."

"궁금해서요."

"조금 했어. 그땐 사상이 약간 달라서."

"우리 집안에서 그런 사람이 있다고 어릴 때 경찰이 조사해 간 적이 있거든요."

동철은 영감님이 그 사람이 맞는지 확인하고 싶었지만 마음속에 간직해 두기로 했다. 얄궂은 운명인 것 같았다.

진보정권이 들어서면서 북한과 사이가 좋아져서 남한의 대통령이 북한의 최고지도자인 국무위원장과 만나 서로 화해하고 좋은 사이로 지내고 있으니까 화해 무드지만 그때는 일본에서 조총련과 민단이 서로를 미워하면서 정치적으로 혼란했던 시기였다.

일본에서 종교에 미치고 사상에 흔들리면서 결혼도 못 했다는 영감님이 측은하게 생각되었다.

"왜 그런 단체에서 활동하셨어요?"

"그때는 그렇게 하는 것이 조국을 위해서 최선인 줄 알았기 때문에 그랬지."

"지금의 생각은 어떠세요?"

"한국에 나와보니까 내가 잘못 생각했다는 것을 깨달았어."

"어떤 면이 북한과 다른데요?"

"와보니까 잘 살지는 못해도 자유가 있더라고."

"어떤 자유인데요?"

"지금 내가 하고 싶은 거 다 하고 있지 않아."

그분과의 대화에서 많은 것을 생각하게 했다. 영감님은 행복할까? 가족이 없으면서 진정 세상 사는 맛을 느끼고 있을까? 어쩌면 경제적으로 아무것도 할 수 없는 나이에 곤궁하지는 않을까? 살짝 염려되었다.

처량하게 혼자 살아가는 노인을 보면서 주름 잡힌 얼굴 어딘가에 슬픔과 고뇌가 가득 배어 있다는 생각이 들었다.

버스는 곧 도착한다. 내려야 할 곳에 내리면 그분과는 헤어져야 한다. 다시 만나기는 어려울 것이다. 늙은 영감님은 기다리는 가족도 없을 텐데 어디서 살고 계신지 궁금했다.
"영감님, 현재 어디에 살고 계신가요?"
"알아서 뭐 하게."
말하면 자존심이라도 상한다는 듯 내뱉은 말이 짜증스러워 보였다. 말하고 싶지 않다는 표정이다. 동철은 어디서 살고 있는지 궁금해서 꼭 알아야겠다는 생각으로 강한 어조로 물었다.
"이렇게 만난 것도 인연 아니겠어요. 알려주세요."
"알고 나면 마음이 안 좋을 건데."
"그래도 알려주세요."
"학동에 있는 노인복지시설이야."
노인복지시설에 계신다고 예상은 했었지만 국가에서 먹여주고 재워주는 곳에서 결코 편안하지만은 않을 것 같았다.
"한번 찾아뵙겠습니다."

"뭐 하러 와, 험하게 살고 있는디."

영감님과의 대화는 이렇게 끝났다. 인사말처럼 했지만 꼭 한번 가보고 싶었다. 고된 하루 일정이었지만 집으로 들어가는 마음은 한결 가벼웠다. 어린 딸과 아들이 아빠를 기다리고 있으니까! 가족이 있다는 것은 행복한 일이다. 비록 비좁은 상하방이지만 사랑하는 애들이 반갑게 맞아줄 테니까 마음은 언제나 기쁨으로 가득 채워져 있었다.

이제 훌쩍 커서 네 살 된 아들 녀석이 재롱을 부린다. 아빠 어서 오라고, 오늘 하루 고달픔이 비누 거품 녹듯이 사라진다. 세상은 이런 맛으로 살아가는 것이구나 새삼 느끼게 하는 순간이다.

며칠 후, 영감님이 말해 준 복지시설을 찾았다. 약간의 먹을거리를 손에 들고, 관리실 직원이 무슨 일로 왔느냐구 퉁명스럽게 묻는다.

"여기 문재경 씨라고 영감님 계시지요?"

"앉아 계세요. 이곳으로 오시도록 할게요."

잠시 뒤, 불편한 걸음으로 사무실로 들어오는 그분의 표정이 밝지는 않았다.

"뭐 하러 왔어."

"어떻게 사시는지 궁금해서요."

"사람 사는 거 다 같지."

이제 앞으로 살아 계실 날이 많지 않은데 노인복지시설에서 외롭게 생활하시는 것이 너무 측은했다.

하지만 남의 집 셋방에서 사는 사람들도 비슷한 처지인데 부끄러워할 일도 아니라는 생각이 들었다.

동철은 이제 영감님과의 인연은 이것으로 끝내고 싶었다.

셋방살이 주제에 도와줄 형편도 못 되는데 인연을 이어갈 수는 없을 것 같았다.

"안녕히 계세요. 아프지 말고 오래 사시구요."

"자네도 행복하게 살아. 애들 잘 가르치고."

"그렇게 할게요."

"잘 가."

홀로 계시는 노인을 두고 그곳을 떠나면서 울컥 눈물이 나올 것 같았다. 인생이 가진 돈도 없고 자식들도 없으면 저렇게 되겠구나. 비참한 최후가 될 것이라는 예감 때문에 가슴이 쓸쓸했다. 차라리 안 보고 지나쳤더라면 더 좋았을 것이라는 생각도 해보았다.

영감님과 헤어진 뒤 집으로 돌아오는 길은 발걸음이 무거웠다. 아직 젊은 나이지만 동철의 인생도 저런 길을 걷게 되지 않을까 걱정이 되었기 때문이다.

어린애들은 하루가 다르게 커가고 월세방 좁은 곳에도 웃음과 행복이 넘친다 인생 사는 것, 이 정도면 되지 않을까!

동철은 가족과 함께 만족하게 살고 있는 자신은 좋지만 불쑥불쑥 쓸쓸하게 노인복지 시설에서 살아가는 영감님 생각이 떠나지 않았다.

그분과는 정말 이상하리만큼 잘못 얽힌 인연일까? 얄궂게 맺어진 인연의 끈을 놓아야 할 것 같았지만 가슴 속 어딘가에 그분을 향한 마음이 떠나지 않았다.

3

아내와 어린 자식들과 잘살고 있는 자신은 행복했지만 홀로 생활하시는 영감님이 돌아가신 부모님을 떠올리게 해 며칠 밤을 뜬눈으로 세울 때가 많았다. 옷깃만 스쳐도 인연이라고 하는데 그분의 생각을 쉽게 떨쳐 버릴 수가 없었다.

불행하게 살고 있는 사람들이 주변에 많지만 초라한 영감님의 뒷모습은 지워지지 않았다.

한 달쯤 시간이 흘러갔을까? 여름 햇빛이 유난히도 따갑게 느껴지던 일요일, 아이들이 심심하다고 밖으로 나가자고 졸라댄다.

"아빠, 공원에라도 놀러 가~."

"집에서 놀아도 되는데 뭐 하러 나가니."

아직 어린 아들 녀석이 응석을 부리고 딸들이 옆에서 거든다. 한참을 지켜보고 있던 아내가 한마디 한다.

"애들이 얼마나 나가 놀고 싶겠어요."

"그럼 너희들 바람만 쐬고 돌아온다."

할 수 없이 다섯 식구가 집 근처에 있는 공원으로 나들이를 나갔다. 이왕 외출한 김에 점심이라도 먹어야 할 텐데 요즈음 주머니 사정이 좋지 않아 부담스러웠다. 나무 그늘 밑에서 쉬고 있는데 아들 녀석이 배가 고프다고 칭얼거린다. 아직 어린애라 느낀 대로 자기 생각을 말하는 녀석의 입을 보면서 주머니에 들어있는 적은 돈으로 다섯 식구가 먹을 수 있는 음식은 중국집 자장면밖에 없었다.

"애들아, 자장면 먹으러 가자."

큰딸이 한마디 한다. 아빠는 맨날 그것밖에 모르냐고. 외출할 때마다 중국 음식만 먹으니까 재미가 없다고 한다. 비싸고 맛있는 음식을 못 사주는 애비의 마음을 몰라주는 자식들이 섭섭했다. 하지만 어쩌랴. 지금 있는 돈으로는 그것밖에 먹을 수 없는 것을.

"아빠, 돈 많이 벌면 맛있는 거 사줄게. 오늘은 자장면 먹어."

옆에서 보고 있던 아내가 애들을 달랜다.

"애들아, 아빠 돈 없응께 오늘은 자장면 먹자."

맛있는 거 먹자던 어린것들에게 부끄럽고 미안한 마음이 들었지만 어쩔 수 없었다. 공원에서 내려와 길가에 있는 중국식당을 찾았다. 문을 열고 들어가니 음식 냄새가 후각을 자극한다. 동그란 식탁에 다섯 식구가 둘러앉았다. 어린것들은 싸구려 음식이라도 먹는 것이 즐겁다는 표정이다. 잠시 시간이 흐른 뒤 음식이 나왔다.

"애들아, 맛있게 먹자."

자장면을 반쯤 먹었을까! 큰딸이 궁금하다는 생각을 했는지 동철에게 묻는다.

"아빠, 저번에 우리 집에 왔던 할아버지 보고 싶어."

"왜, 또 과자 사 오실까 봐?"

"아니야, 그냥 보고 싶어서 그래."

"우리 시간 나면 한번 뵈러 가자."

점심을 먹고 집으로 돌아오는 길은 발걸음이 가벼웠다. 애들이 만족하지는 않았겠지만, 그런대로 즐거운 하루를 보냈다는 생각이 들었기 때문이었다.

동철은 바쁜 직장생활을 하면서도 머릿속에서 떠나지 않는 영감님의 환상을 잊고자 노력해보지만 어쩐 일인지 자기의 의지와는 전혀 다른 방향으로 가고 있었다.

인연의 끈을 놓아버리고 싶은데 그것이 마음대로 되지 않는다.

한 달쯤 시간이 흘러갔을까. 큰딸이 말을 걸어온다.
"아빠, 할아버지 언제 만날 거야?"
"시간 있을 때 보자."
"빨리 보고 싶다."
애들은 왜 영감님을 보고 싶어 하는 걸까? 전생에 무슨 인연이라도 있는 것일까? 수많은 생각이 들었다.

시간은 계속 흐르고 가을이 왔는가 싶더니 금방 하얀 눈이 내린다. 없는 사람들에게는 겨울은 더욱 춥고 을씨년스럽다.

이 추운 겨울에 영감님은 어떻게 계실까? 복지시설이 좋아서 난방이라도 잘되면 좋으련만, 혼자 살면서 옷은 따뜻하게 입고 추위를 견디고 계실까! 국가에서 운영하는 시설이라는 곳이 대부분 환경도 열악할 텐데 고생을 많이 하지 않을까 걱정이 되었다.

한해가 훌쩍 지나가고 봄이 찾아왔다. 많은 시간이 흘러 잊을 만도 한데 못 잊는 것은 가족도 없이 불행하게 살아온 영감님의 인생 여정이 애처롭게 느껴져서일 것이다.

불두화가 복스럽게 피는 계절 오월, 어버이날이 찾아왔다. 그동안 동철도, 애들도 많이 보고 싶어 했던 영감님. 온몸에 긴 세월의 흔적을 남기고 살아온 노인네의 삶을 알고 난 뒤 애잔한 마음이 항상 가슴속에 각인되어 잊어버릴 수 없는 인연이 되어버린 어린애들의 할아버지. 어린것들은 무엇에 이끌려 그분을 찾는지 이해하기 어려웠다.

어버이날, 우리 가족 모두 복지시설로 영감님을 찾아갔다. 카네이션 한 송이와 먹을 것을 조금 사서 살고 계시는 방에 넣어드리고 싶었다.

"그동안 잘 계셨어요. 진즉 한번 찾아뵙는다는 것이 늦었습니다."

"바쁜데 뭐 하러 왔어."

애들이 영감님의 손을 잡고 좋아한다. 마치 친할아버지인 것처럼,

"영감님, 오늘 어버이날이라 찾아왔습니다. 애들도 보고 싶다고 가자고 해서요."

"고맙지만 흉한 꼴 보이고 싶지 않았는데."
"사람 사는 꼴은 다 같아요. 흉하긴요."
이때 아들 녀석이 응석을 부린다.
"할아버지, 가슴 내밀어봐 꽃 달아드릴게."
"아이구, 이쁜 것. 잘 있었니?"
꽃을 가슴에 달고 먼 허공을 주시하는 영감님, 눈은 이미 촉촉한 눈물로 젖어가는 것 같았다. 동철은 어떤 모습으로 살고 있는지 방으로 찾아가고 싶었지만 극구 사양하는 노인네의 마음을 이해하기로 했다.

오늘 하루쯤 행복하게 해드리고 싶었는데 우리 가족들의 마음을 알고 계실까!

후줄근한 옷차림에 주름살이 깊게 패인 얼굴을 보면서 짠한 마음에 가슴이 아파왔다.

지금까지 영감님이 인생을 불행하게 살아온 단면을 보는 것 같아서 씁쓸했다.

"애들도 좋아하니까 나가서 점심이나 같이하게요."
"신세 지고 싶지 않구만."
말은 그렇게 해도 표정은 밝아 보이는 것이 싫지는 않은 것 같았다. 동철은 영감님을 모시기 위해서 그동안 모아 두었던 돈을 오늘 같은 날 아낌없이 써야 한다고 생각했다.

어쩌면 마지막이 될지도 모를 만남이라는 생각에 고급식당에서 맛있는 음식을 대접하고 싶었다. 노인복지시설에서 얼마 떨어져 있지 않은 제법 큰 식당을 찾았다.

"영감님, 식사는 어떤 걸로 드시고 싶으세요?"

"아무거나 먹지."

애들은 모처럼 규모가 큰 식당에서 식사하게 된 것을 재미로 알고 떠들어 댄다.

"아빠, 오늘은 고기 먹어."

그동안 고기 한번 못 사준 것이 미안한 마음으로 가슴속에 안개처럼 가라앉는다.

"영감님, 애들이 고기 먹자고 하는데 어떻게 할까요?"

"그렇게 해. 나도 고기 먹고 싶어."

"그럼 불고기 백반으로 시키겠습니다."

영감님과 우리 가족은 모처럼 맛있는 식사와 행복한 웃음으로 즐거운 하루를 보냈다. 노인네를 위한 하루였는데 그리고 어버이날이라 더 특별한 의미가 있었다고 생각했지만, 그분은 어떻게 생각했는지 알 수 없었다. 그러나 우리 가족 다섯 사람은 말로 표현할 수 없는 행복을 누린 것 같았다.

식사가 끝나고 복지시설로 모셔다드리면서 부디 남은 인생을 즐겁고 오래오래 건강하게 보내시기를 마음속으로 빌었다.

 영감님과 즐거운 하루를 보냈던 어버이날이 지나고 한 달 쯤 되었을까? 일주일의 쌓인 피로를 말끔히 씻고 편히 쉬고 싶은 일요일이었다.

 마당에 쌓인 쓰레기를 치우고 있던 동철은 대문 밖에서 서성거리는 사람의 인기척을 들었다. 집에 왔으면 들어와도 될 텐데 선뜻 안으로 들어올 수 없는 이유가 무엇인지 그리고 누구인지 궁금했다.

 누굴까 생각하며 문을 열자 검은 비닐봉지를 든 영감님이 도둑질하다 들킨 사람처럼 안절부절못하고 서 있다가 동철을 보고 빙그레 웃는다. 찾아온 것이 미안해서일까!

"뭐하고 계세요? 들어오세요."

"미안해서 그래."

"무엇이 미안해요. 애들도 좋아하는데."

 이제 인생의 마지막을 보내는 노인의 주름진 얼굴에서 삶에 찌들린 아픈 상처를 보는 것 같아 마음이 아파왔다.

 마루에 앉자 애들이 우르르 몰려나와 영감님의 무릎과 가슴에 안긴다.

"할아버지, 왜 이제 왔어."

"너희들 보고 싶어 왔다. 이거 먹어라."

복지시설에 살면서 무슨 돈이 있다고 과자를 사 왔는지 마음이 짠하면서도 먼 옛날 어릴 적 할아버지가 주시던 과자 생각을 해본다.

"누추하지만 방으로 들어오세요."

"괜찮아, 이제 애들 보았으니까 가야지."

"놀다가 점심 드시고 가세요. 여기까지 오셨는데 점심 식사는 하고 가셔야지요."

"애들 봤으니까 됐네. 갈 테니까 나오지 말어."

조그마한 상하 방에 오글오글 살고 있는 동철의 가정생활이 보기에도 편하지 않았던 모양이다. 식사라도 하고 가셔야 마음이 편할 텐데 그냥 가시겠다고, 어린애들도 할아버지가 좋은지 한사코 놀다 가라고 졸라대지만 머물고 싶은 생각은 없는 것 같았다.

동철은 생각해 보았다. 지금 앞에 서 있는 노인네는 가족의 사랑이 그리운 것이다. 사랑을 주고 또 받고 싶어 이곳에 찾아오는 것을 얼마나 고심했을까!

"영감님, 이거 얼마 되진 않지만 용돈으로 쓰세요.

"직장생활하면서 적은 월급으로 애들 키우느라 힘들 텐데 무슨 돈을 주는가."

"이 정도는 드릴 수 있어요."

노인을 보내드리면서 우리 가족들은 모두 서운해했다. 동철은 인연의 끈을 놓고 싶었는데 정을 못 잊어 찾아온 그분을 마음속에서 떠나보내기는 어렵겠다는 생각이 들었다. 그 뒤부터 인연으로 맺어진 정을 못 잊어 일요일이면 가끔 우리 집을 찾아왔다. 항상 검은 비닐봉지에 과자를 사 들고….
　물론 집을 찾아올 때마다 적은 돈이지만 용돈 드리는 것을 잊지 않았다. 그렇게 몇 개월이 흘러가고 있던 어느 날이었다. 가진 돈도 없을 텐데 올 때마다 과자 봉지를 들고 찾아오시는 것이 부담이 되었다.
　노인의 생각으로는 애들도 있고 빈손으로 오기도 어려웠을 것이다.
　"영감님, 무슨 돈이 있어 과자를 사 오세요."
　"그래도 어린애들이 있지 않아."
　"자꾸 이러시면 제가 부담스러워요."
　동철은 사회복지시설에서 어렵게 살면서 올 때마다 돈을 쓰는 것이 부담스러웠다.
　그래도 애들이 보고 싶어 찾아오는 노인에게 오지 말라고 하는 것은 너무 잔인할 것 같았다. 잠시 침묵이 흐르고 있었다. 얼굴에 미소를 띤 영감님은 먼 허공을 바라보면서 혼잣말처럼 중얼거린다.

"여기 애들 보고 있으면 즐겁고 행복해."

"오시는 것은 좋은데 앞으로는 돈 쓰지 마세요."

이렇게 대화는 끝이 나고 노인은 복지시설로 돌아갔다. 얼마나 정이 그리웠으면 우리 집에 왔을까? 그분을 생각하면 마음이 아파오곤 했다. 세월은 계속해서 흘러가고 영감님의 발길이 계속되었다. 그의 손에는 언제나처럼 과자 봉지가 들려 있었다.

"이제 과자 그만 사 오세요."

"괜찮아, 내가 사 오고 싶으니까."

"부담스럽다고 말씀드렸지요. 앞으로 돈 쓰시려면 오지 마세요."

순간 하지 말아야 할 말을 하고 말았다는 생각이 들었다. 마음에도 없는 말을 왜 입 밖으로 내뱉었는지 동철 자신도 알 수 없었다. 아차 하는 순간 말실수를 해버린 상태에서 노인네의 얼굴을 살펴보았다.

하얀 머리 밑으로 둥그렇게 생긴 얼굴이 붉은빛으로 변하는가 싶더니 검은 눈동자가 촉촉이 젖는다. 그리고 슬픔으로 가득 차오르는 것 같았다. 말을 잘못 뱉어버리고 후회해보지만 되돌릴 수는 없었다.

영감님이 찾아오는 것이 싫어서가 아니고 복지시설에서

모아 둔 돈도 없을 텐데 그걸 쓰는 것이 안타까웠다. 돈을 쓰지 않게 하려고 진심으로 한 말인데 순간의 잘못된 생각이 더 이상 우리 집으로 발걸음을 옮길 수 없도록 만들어 버린 것이다. 그 일이 있은 뒤 그분은 오지 않았다.

 한 번쯤 다시 오지 않을까. 기다려지는 마음이었지만 영영 오지 않을 것이라는 생각이 들었다. 두 달이 지난 뒤 그분이 계신다는 노인복지 시설로 찾아갔다. 옛날처럼 과자 봉지를 사 들고 찾아오셔도 좋다는 말을 하고 싶었기 때문이다. 관리소 문을 열고 들어가면 직원과 만날 수 있다. 두 번째 방문이라 묻는 말에 친절하게 응대해주면 좋으련만….

 의자를 뒤로 젖히고 비스듬히 앉아 있는 모습이 보기에 좋은 인상은 아니었다.

 "죄송합니다. 말씀 좀 묻겠는데요. 여기 시설에 문재경이라는 영감님 계시지요. 지난번에도 한 번 왔었는데."

 "무슨 일로 찾으세요?"

 "아는 분인데 우리 집에 한 달에 두서너 번 찾아오셨는데 갑자기 발길을 끊어서요."

 "그 영감 어떻게 알았어요?"

 동철은 자초지종을 이야기하면서 아이들과 너무 잘 놀아주어 고마운 어른이라고 말했다. 그런데 관리 사무실 직원의 표정이 처음 보았을 때와 약간 다른 표정을 지었다.

"그 노인네 여기 있으면서 밖에 나가 잡부 일을 열심히 해서 용돈을 벌었어요."

"뭐 하려고 늙은 몸으로 그렇게 돈을 벌려고 했대요?"

"글쎄, 손자 같은 어린애들이 셋이 생겨서 그 애들 보는 재미가 있다며 과자라도 사주어야지 자기가 행복하다면서 활짝 웃곤 했습니다."

"그럼 지금 그분 어디에 계신가요?"

"여기 없어요. 먼 하늘나라로 가셨답니다."

동철은 순간 쇠몽둥이로 머리를 얻어맞은 기분이 들었다. 울컥 눈물이 쏟아지면서 앞이 보이지 않았다. 그래서 집에 찾아오지 않았구나.

'앞으로 돈 쓰시려면 찾아오지 마세요' 하지 않아야 할 말을 뱉어버린 그날 이후 얼마나 절망했을까!

조그마한 행복을 위해 열심히 일해서 돈을 벌어 과자 봉지를 사 들고 즐거운 마음으로 우리 가족을 찾아왔을 텐데 그 행복을 한마디 말로 빼앗아 버린 나쁜 사람이 되고 말았다.

동철의 눈에서는 미안하고 죄송한 마음으로 인해 계속 눈물이 흘러내리고 있었다. 세 치 혀가 내뱉은 말이 치명적인 상처를 주었고 절망감에서 이 세상을 떠난 것은 아닐까 마음이 미어지는 것 같았다. 우리가 사는 사회에서 영원한 것은 없다. 기쁨, 슬픔, 사랑, 행복, 불행의 고통까지도 영원하지는 않다.

머리가 지끈거리며 아파왔다. 잠시 마음을 추스르고 어디에 안장했는지 물었다.

"영감님 유해는 어디에 모셨는가요?"

"연고자가 없어 시립묘지에 안장했습니다."

관리실을 빠져나오면서 허탈감에 발길이 무거웠다. 이 일을 어찌하면 좋을꼬, 집에서 놀고 있는 애들에게는 할아버지가 돌아가셨다고 어떻게 말해야 할까.

영감님의 죽음으로 인해 상처받을 애들을 생각하면 우울했다.

일주일 후, 우리 가족 모두 시립묘지에 묻힌 영감님을 찾았다. 하늘나라에서 슬프게 울고 계실 영감님에게 용서를 빌고 싶었다. 앞으로 과자 봉지를 사 들고 오시고 싶을 때는 언제라도 오시라고….

향기가 물씬 풍기는 하얀 국화꽃 한 묶음을 사 들고 관리소에서 알려준 대로 수많은 묘지들 사이를 지나 잡초가 무성한 곳, 문재경의 묘 앞에 섰다.

아직 어린애들도 숙연해진다.

"아빠, 할아버지 정말 저속에 계신 거야?"

"그렇단다. 너희들에게 과자 사주려고 늙은 몸으로 열심히 일하는 모습이 눈앞에 선하게 보이는 것 같구나."

"이제 할아버지 영영 못 보는 거야?"

큰딸이 슬픔을 가득 머금은 눈망울을 굴리면서 울컥하고 울음을 삼킨다.

"애들아, 할아버지에게 인사드리고 가자."

올망졸망한 어린아이들은 아빠의 마음을 이해할까!

먼 훗날 아이들이 성인이 되면 지금의 슬픈 기억들은 모두 잊히리라 생각했다. 푸른 하늘에 하얀 구름이 둥실 떠 있고 저 멀리 야윈 얼굴의 영감님이 과자 봉지를 들고 웃고 있는 모습이 환상으로 보이는 것 같았다.

동철은 허공에 대고 조용히 외친다.

"영감님, 과자 봉지 사 들고 오셔도 좋으니까 언제라도 오세요."

가슴속에서는 눈물이 끝없이 흘러내렸다.

혈혈단신 세상을 살아오신 그분, 얼마나 가족이라는 울타리가 부러웠고 정이 그리웠으면 그렇게라도 함께 하고 싶었을까? 묘지 앞에서 눈물을 흘리는 자신을 보면서 살아온 삶

중에 가장 슬픈 이별이라고 생각되었다.

  역지사지로 서로의 입장을 이해하는 지혜, 상대의 입장에서 생각해 본 연후에 말과 행동을 해야 한다는 것을 뼈아프게 깨달았다.

  앞으로 살아가는 동안 두 번 다시 이런 실수를 해서는 절대 안 된다고 다짐하면서 영감님이 이승에서는 불행했지만, 반드시 저승에서는 가족과 더불어 꼭 행복하기를 진심으로 빌어 드렸다.

자화상 自畫像

1

 밤하늘에 떠 있는 보름달을 보면서 저곳에는 누가 살고 있을까. 얼마나 먼 곳에 있을까. 모든 것이 궁금했던 어린 시절이었다.
 그렇게 시작된 삶이 83년이라는 긴 시간이 흘러갔다. 그동안 살아왔던 길다면 길고 짧다면 짧은 이야기들을 하얀 종이 위에 글로써 그려보고 싶었다. 그림처럼 뚜렷하게 그릴 수는 없지만 실루엣처럼 아련하게 자화상을 그려나가려 한다.
 인생길을 걸으면서 기뻤던 일, 노여웠던 일, 슬펐던 일 즐거웠던 일들, 참으로 굴곡이 많았던 시대적 희생양이기도 했다.

유년 시절, 보릿고개를 힘겹게 넘어야 했던 그 시기였지만 문빈의 가정은 먹고 살 만했다. 보리밥에 쌀을 한 주먹 정도 넣어 밥을 지으신 어머니는 밥이 다 익으면 보리밥을 한쪽으로 걷어내고 언제나 쌀밥은 아버지 그릇에 담아드리고 조금 남은 쌀밥은 큰아들인 내게 주시곤 했다. 그 일은 내 기억 중에 가장 비중이 크고 처음으로 장남이라는 짐의 무게를 느꼈던 잊지 못할 정신적인 중압감으로 살아오는 동안 영원히 머릿속에 각인 되어 있다.

어린 나이지만 그때부터 나는 장남이라는 책임감을 가슴에 새기고 살았는지도 모른다.

그때의 기억으로 잊혀지지 않는 것 중에 사주를 아주 잘 본다는 사람을 불러 집안의 기둥이 될 아들의 앞날을 알고 싶었던 것 같았다. 어린 시절에 사주보는 사람이 했던 말이 지금까지 생생하게 머릿속에 남아 있다.

"이 아이는 일생을 큰돈을 벌 수는 없지만 푼돈은 죽을 때까지 떨어지지 않고 쓸 것이다. 그리고 공부도 고등학교까지는 어렵게 졸업할 수 있겠지만 더 이상은 학업을 계속할 수 없다. 하지만 늦게 공부 기회가 와서 대학도 졸업하고 석사, 박사 학위까지 받을 수 있는 사주를 타고 태어났다."

이렇게 부모님에게 미래를 이야기하는 말을 듣고 불투명한 내 앞날이 참 궁금했다. 6·25전쟁이 막 끝난 후 우리나라의 경제 사정은 말할 수 없이 피폐했다. 미국에서 원조 물자로 주는 분유와 밀가루로 겨우 하루 끼니를 때우고 있을 때가 많았다.

초등학교 교과서는 종이 질이 좋지 않아 읽고 넘기는 것도 불편하기만 했다. 참으로 배가 고파 울며 지내던 시절이었다. 한 끼의 밥을 짓기 위해 어머니와 함께 십 리가 넘는 면산으로 걸어가서 나뭇가지를 꺾어다가 겨우 아궁이에 불을 지피고 보리밥을 짓곤 했던 1950년대였다.

그래도 아버지가 공무원 생활을 하면서 밥은 굶지 않고 살았다. 그러나 술을 좋아하시는 성품 때문에 문빈은 상처를 많이 받았다.

어느 날 아침, 그것도 새벽에 주전자를 주면서 막걸리를 받아 오라는 심부름을 시켰다. 그것도 술값을 주지 않고 외상술을 사 오라는 아버지가 원망스러웠지만 어릴 때는 시키면 무조건 따라야 했다.

"아빠, 아침부터 외상술 달라면 욕해."
"괜찮아. 한꺼번에 술값 준다고 말해."
"가기 싫은데, 가면 욕 먹는단 말야."

"빨리 다녀오지 못해!"

문빈은 주전자를 들고 술을 파는 가게로 갔다. 아직 문을 열지 않은 가게 앞에서 한참을 기다렸다. 아직 해가 뜨려면 상당한 시간이 흘러야 할 으스름 새벽에 돈도 없이 술을 어떻게 달라고 하지?

두렵고 민망함을 어떻게 하면 좋을까 고민하며 한 시간쯤 기다렸을까? 가게 문이 열리고 주전자를 들고 서 있는 문빈을 발견한 가게 주인이 무슨 일이냐고 물었다.

"아저씨, 아빠가 술 받아 오라고 해서요."

"술값은 가져왔니?"

"아니요. 외상술 받아 오라고 했어요. 나중에 한꺼번에 계산해 드린다고요."

"그래. 오늘도 재수 없게 생겼구나. 개시도 않했는데 외상이라니."

"아저씨 미안해요."

"괜찮다. 가면 너희 아버지에게 술 좀 적게 드시라고 말해라."

"알겠어요."

어린 문빈의 자존심은 천 갈래, 만 갈래로 찢어지는 아픔이 먹구름처럼 밀려왔다. 아버지는 이제 술주정뱅이가 되어 점점 더 주사가 심한 사람으로 변해가고 있었다.

  문빈은 평생을 술을 마시지 않았다. 그것은 술이 인생을 망칠 수도 있다는 학습 효과를 받았기 때문이다. 이것도 문빈의 어릴 때 각인된 자화상이다. 풍족하지 못한 살림살이를 하면서 많은 술을 마셨던 아버지는 일찍 세상을 떠나셨다.

  우리 가정처럼 어려운 시기를 모든 국민은 잘도 버텨내면서 경제 사정은 점점 더 좋아지기 시작했다.

  2025년 우리나라는 세계 10대 경제 대국을 어떻게 이루었을까. 서독으로 돈 벌러 간 간호사와 광부, 그리고 사막과 더위의 나라 중동에서 외화를 벌기 위해 땀 흘려 고생했던 건설기술자들, 베트남에 용병으로 끌려가 죽고 부상당해 일생을 불행 속에서 살고 있는 참전용사들의 피와 땀이 없었다면 지금의 풍요는 없었을 것이다. 이것이 그 시기의 우리나라 현실이었다.

  그래도 그분들은 아무런 불평 없이 당연한 것처럼 성실하게 그저 열심히 일해야만 살아남는다는 일념으로 죽도록 일만 했다.

  지금의 우리는, 우리의 부모님 세대에 머리 숙여 감사해야 한다.

  문빈이 고등학교 다니던 때는 아직 경제 사정이 좋지 못해

끼니를 굶는 사람들도 있었고 부잣집이 아니면 대학에 진학하기 어려운 시절이었다. 그때의 정치 상황은 욕심이 많은 이승만이 3선 개헌으로 또다시 대통령을 하기 위해 독재 정치를 하면서 부정선거를 했다는 폭로가 있었다.

고등학생들이 부정선거에 항거하기 시작했다. 당시 대학생 숫자보다 고등학생 숫자가 훨씬 많을 때였다. 밤낮으로 시위가 계속되었다. 도심에 있는 학교 학생들이 시작하면 변두리 학교의 학생들은 오후 공부를 마친 뒤 합류해서 거대한 사람들의 물결을 이루곤 했다.

경찰들은 최루탄으로 시위대를 해산하려고 안간힘을 썼지만, 수적으로 역부족이었다.

그러던 어느 날, 밤늦게 최루탄만으로는 진압하기 어렵다고 판단했는지 학생들을 향해 발포하기 시작했다.

물결처럼 밀려오는 시위대를 진압할 수 없어 최후 수단으로 총기를 선택한 것 같았다. 갑자기 총소리가 들리고 시위 현장은 아수라장이 되었다. 옆에서 구호를 외치던 친구가 쓰러졌다.

"아~ 악, 발목이….”
"야, 총 맞았냐?"
"발목에 맞은 거 같아.”

"불빛 있는 곳으로 가서 확인해 보자."

문빈은 친구를 어깨동무하고 상가에서 비추는 훤한 곳으로 갔다.

"발목 한번 보자."

불빛에 비친 그의 발목은 아무렇지도 않았다. 총소리에 놀라서 발목이 접질려지고 통증이 있으니까 총에 맞은 것으로 착각했던 것이다.

"괜찮다. 빨리 이곳을 피하자."

"그래. 총 맞기 전에 도망가야지."

시위대는 풍비박산, 사방으로 흩어져 뛰기 시작했다. 총을 쏘며 발악하는 경찰들로부터 멀리 도망쳐야 했다. 마산에서 고등학생인 김주열이 눈에 최루탄 파편이 박힌 채 바다에 버려진 시체를 끌어올리며 시위는 최고조에 달했다.

사실 고등학생들이 민주화운동의 최선봉에 서서 정치 상황을 바꾸어 놓은 것이다. 그 결과 이승만 대통령은 미국의 하와이로 망명을 가고 3·15 부정선거의 주범인 내무부 장관 최인규와 정치깡패 임화수 등이 사형장의 이슬로 사라지고 독재 정치는 끝났다.

그 이후 우리나라에서는 부정선거라는 망상은 사라졌다고 본다. 그 당시 부통령이었던 이기붕과 그의 부인은 아들 이

강석이 권총으로 쏘아 가족이 한꺼번에 저세상으로 가면서 비극적인 사건은 끝이 났다.

학생들의 민주화운동 성공으로 정치판이 잘 될 줄 알았는데 일부 학생들이 북한의 김일성을 만나 통일에 대한 협상을 하겠다는 등, 정치는 어지럽게 흘러갔다.

일 년이 지난 뒤 박정희 장군이 5·16 군사혁명을 일으켰다. 도심에는 기관총을 설치하고 살벌한 분위기가 계속되었다. 이렇게 해서 학생들이 일으켜 놓은 민주화는 물거품이 되었고 군부 통치 기간을 거쳐 박정희 대통령이 권력을 잡았다. 욕심 많은 그는 장기 집권으로 독재를 하려다가 가장 측근인 중앙정보부장 김재규의 총에 맞아 죽으면서 종신 대통령의 꿈은 사라지고 말았다.

고등학교를 졸업한 문빈은 무엇이든 해야 했다. 어떤 일이든 하고 싶었고, 공부도 계속 하고 싶었다.

서울의 기술자를 양성하는 학원에 들어가서 기술자가 되고 싶었던 것이다. 그러나 먹고 자고 할 곳이 없었다. 숙식을 위해서 찾아간 곳이 남대문 근로자 합숙소였다.

매일 학원에서 새로운 분야의 공부를 열심히 하고 쉬는 날에는 남산도서관에서 배운 것을 복습 또 복습하며 하루해가 어떻게 지나간지 모르고 오로지 성공하고 싶다는 일념뿐이었다. 밤이 되면 근로자 숙소에서 쪽잠을 잘 때가 많았다. 그 숙소는 서울역에서 구두닦이를 하거나 작은 수레로 짐을 날라주는 사람, 신문팔이 등이 살고 있었다.

  그런 환경 속에서 거의 무상으로 주는 식사를 얻어먹고 인생의 밑바닥 생활을 하면서 쓰디쓴 경험을 통해 많은 것을 알았고 익혔다. 늘 허기진 배와 잠을 편하게 잘 수 없는 고통 등으로 삶의 아픔을 피부로 느끼며 고단한 인생살이의 서러운 체험을 제대로 하였다.

  서울에서 공부를 마친 뒤….

  공무원 시험에 응시하고 싶었다. 군대에 입대하기 전에 어떤 형태로 출제되는지 보고 싶었던 것이다. 그러나 철저하게 준비도 못 한 채 보았던 시험은 형편없는 점수를 얻어 낙방하고 말았다.

"엄니, 나 시험 떨어졌어."

"경험했다 생각하고 군대 갔다 와서 차분히 보아라."

"그래야겠지만 실망이 너무 커서."

"조급하게 생각하지 마라. 이제 시작이다."

"엄니, 미안해. 열심히 할게."

  이렇게 처음 응시했던 사회에서의 시험은 좋지 못한 결과로 쓰디쓴 맛을 봐야 했다. 문빈은 이런 사회의 혼란한 시기를 거쳐 오면서 청년기에 접어들었다. 가정 형편이 빈곤했던 시기였기 때문에 진학하는 것을 접고 잡부 일을 하면서 군에 입대할 날만을 기다리고 있었다.

 그 당시 군 복무는 32개월이다. 긴 여정이기 때문에 마음가짐을 잘해야 했다. 신성한 국민의 4대 의무인 국방의 의무는 반드시 거쳐야 하는 통과의례이기에 빠져나갈 수 없었다.

 일부 부잣집 아들들은 어쩐 일인지 군에 가지 않고 바로 사회생활을 시작하는 사람들도 간혹 있었다.

 하지만 문빈은 정면 돌파하기로 마음먹고 군에 입대했다. 사귀던 여자 친구와는 만나서 긴 시간 헤어져야 한다는 마지막 말을 남겼다. 젊음이 있던 시절의 모든 추억은 군 생활 속에 묻어 버렸다.

 훈련은 고되었다. 어느 날 날벼락처럼 사단 병력 전체가 베트남 전쟁터로 가게 되었다. 생사가 엇갈리는 전쟁 속에서 하늘은 내게 생존이라는 선물을 주었다. 어쩜 내 어머니의 피맺힌 기도 덕분이었는지도 모르겠다.

2

 문빈은 군 복무가 끝나고 제대하면서, 입대 전 응시해서 떨어졌던 공무원 시험을 다시 보기 위해서 준비에 들어갔다. 인생 1라운드가 시작된 것이다. 아버지가 그 직업을 가지셨기 때문에 뒤를 이어 선호하는 직장이 된 것이다. 당시 공무원의 직위 체계는 최하급인 9급부터 공무원의 꽃이라고 하는 5급 사무관과 1급 관리관까지 9단계의 계급이 있었지만 위로 올라갈수록 정치적인 배경이 있어야 승진이 가능했다.
 열심히 주경야독한 결과 최하급인 9급으로 임용되었다.
 그때 그 시절에 공직자는 국민의 공복이라 했다. 무조건 봉사를 강요하던 시기였다. 혈연(血緣), 지연(地緣), 학연(學緣) 셋 중 하나는 인연이 있어야 좋은 자리로 영전하거나 승진할 수 있었다. 그러니까 누군가의 도움이 없으면 언제나 남보다 뒤처져 가는 것이 공직사회의 흐름이었다.
 문빈은 군청에서 공직생활을 시작하여 7급으로 승진한 뒤 성실함과 행정 능력을 인정받아 도청에 진입하게 되었다. 상급행정기관으로 자리를 옮기면서 하던 일도 달라졌다. 어떤 일에 대한 계획을 세우고 실행하면서 중앙부처의 지시사항을 하급 행정기관에 전파해서 시행하도록 하는 것이 문빈이 하는 일의 대부분이었다.

직속상관도 서기관으로 하늘처럼 높은 사람으로 보였다. 퇴근 시간이 되어도 상사의 눈치를 보아가면서 조심스럽게 하고 특별한 일이 없으면 높은 분이 자리를 뜬 후에야 집에 가곤 했다.

세월이 흘러 6급으로 어렵게 승진을 했고, 하는 일도 무게가 있는 일로 사무분장을 받았다. 따라서 상관과 접촉할 기회도 많아졌다. 당시 문빈은 산하단체를 감독하는 권한을 가지고 깨끗하고 청렴하게 일을 잘 처리한다고 윗분들에게 칭찬을 많이 받았었다.

우리 사무실에는 각각 다른 일을 처리하는 6개의 부서가 있고, 그 위에 버티고 있는 분이 행정을 지휘하는 최고의 상관이었다.

그분은 술도 잘 먹고 돈도 좋아하는 탐관오리 형으로 접대받기를 좋아한다는 소문이 나 있는 분이었다. 저녁을 사면 술을 곁들여야 하고 술을 마시면 반드시 여자까지 붙여 주어야 접대가 끝난다고 했다.

어느 날, 그분이 문빈을 자기의 책상 앞으로 불러 세웠다.
"문 주사, 산하단체는 누가 감독하는가?"

당시에는 6급을 주사라고 불렀다. 담당한 업무처리를 잘하고 큰 사고 없이 일정한 시기가 지나면 한 계급 승진할 수 있던 때였다.

"예. 제가 담당하고 있는데요."

"감독은 잘하고 있겠지?"

"잘하고 있는데요."

"주위에서 부실하게 한다고 하던데."

"열심히 하고 있는데 그렇다면 앞으로 더 성실하게 하겠습니다.

"말썽 없도록 잘해봐."

"예. 잘 알겠습니다."

그날은 그렇게 몇 마디 말로써 끝이 났다. 자기가 맡은 일은 빈틈없이 처리하고 있는데 아닌 밤중에 홍두깨식으로 무엇 때문에 흠집을 내려는지 의도를 알 수 없었다.

업무적인 것은 그날의 대화로 끝이 난 것으로 알고 있었다. 그러나 일주일 후, 진짜 무엇인지 알았다. 눈치가 없어서 그랬던가. 멀리 떨어져 있는 나에게 심부름하는 여직원을 보냈다. 잠깐 오라고. 열심히 일하고 있는 직원을 왜 부르는지 궁금했다. 그리고 그분 앞에 섰을 때 찬바람이 휙 스치고 지나갔다.

"문 주사, 일주일 전에 잘하라고 말했지."

"네. 그래서 더 열심히 하고 있는데요."

"뭘 잘한다 그래. 이 사람 형편없구만."

"제가 무엇을 잘못하고 있는지 말씀해 주시면 고치도록 하겠습니다."

"이 사람아 총을 주니까 쏠 줄도 모르는가."

순간 문빈은 아차 하는 생각이 들었다. 술과 여자를 좋아하는 상관에게 저녁 식사 자리 한번 만들지 못한 능력 없는 직원이라고 질책하고 있다는 것을 알아챘다.

그 시절에는 그랬다. 청렴하고 성실하게 공직생활하는 사람들이 대부분이었지만 가끔 정의롭지 못하고 불의와 타협하면서 요령 좋은 그들이 남보다 먼저 승진도 하고 출세도 하는 시기였다. 문빈은 생각하는 시간을 가져야 했다. 공무원이라는 조직에서 잘 버티려면 그들이 바라는 것도 충실하게 이행해야 한다.

며칠 후, 관리 감독하는 단체의 대표를 만났다. 조직 내의 상관이 식사대접을 받고 싶어 하니 어떻게 하면 좋겠냐고….

이렇게 해서 식사 자리가 마련되었다. 상관과 식사를 하면서도 불편했다. 이런 수모를 당하면서까지 직장생활을 해야 할 것인지 생각해 봐야 할 것 같았다. 3개월 후 그분은 인사

발령을 받고 다른 부서로 옮기면서 문빈의 고민은 사라졌다.

어느 직장이나 날마다 기분 좋고 즐겁게 보내면 좋으련만 그것은 모든 사람이 바라는 희망 사항이 아닐까. 성실하게 근무하면서 조직사회에 적응하고 공복으로서 민원인과 접촉하는 기회도 많아졌다.

언제나 목에 걸린 가시처럼 걸려있던 대학을 가지 못한 아쉬움이 자꾸 머릿속에 아른거렸다. 동료들이나 상급자 대부분이 대학을 졸업한 사람들이 많았다. 인문고등학교를 졸업하고 가난 때문에 다니지 못한 대학을 어떻게 해서든지 수료해야겠다고 생각했다. 그때 나이 50대 중반이었다.

'하늘도 무심하지 않다'라는 말이 있다. 그 당시 문교부에서는 어려운 시절에 대학을 가지 못한 사람들을 위하여 자기가 원하는 시간에 수강 신청을 하고 학점을 취득하는 학점은행제도가 생기면서 학생들을 모집한다는 방송과 신문 보도가 있었다.

문빈은 하늘이 주신 기회라 생각하고 전남대학교 법과대학 행정학과에 응시원서를 접수했다.

응시생은 많았지만 최종합격자는 10명이었다. 입학한 뒤 직장과 학교를 병행해서 다닌다는 것은 어려움이 너무 컸다. 매주 2번 수업 시간에 맞추어 반일 연가를 내고 어린 학생들과 같이 열심히 공부했다.

 학점도 D 학점부터 A⁺까지 고루고루 취득했다. 교수들과 갈등도 많았다. 대학에 다닌 지 4년쯤 지났을까. 비교적 공부하기가 쉽다고 생각되는 행정조사 방법론을 수강 신청하고 강의를 열심히 들었다. 그리고 기말고사를 보았는데 결과는 D 학점이었다. 시험주제가 흑판에 쓰여지고 5매 정도의 백지가 주어지는 주관식 시험이었다. 아주 정답을 쓰지는 못했지만 아는 대로 열심히 시험지를 메꾸었다. 그런데 낙제점보다 조금 높은 학점을 주다니 억울한 생각이 들어 담당 교수를 찾아갔다.

"교수님, 시험을 잘 본 건 아닌데 D 학점을 받을 만큼 잘 못 썼나요?"

"왜 시비하러 왔어요?"

"아닙니다. 조금 억울해서요. 옆에 있는 학생들에게 물어보았거든요. 시험지 다섯 장 빽빽이 써내면 아무리 꼭 맞는 정답이 아니더라도 D 학점은 안 준다고 하더라고요."

"억울하면 나이도 많이 드셨으니까 그만 다니세요."

"교수님, 제가 나이 들어 대학 다니는 것이 보기에 좋지 않나요."

"흰머리가 많으신 분이 다니니까 학생들하고 어울리지도

못하고 별로 보기 좋은 것은 아닙니다."

문빈은 이런 수모까지 견디어야 하는가 마음속으로 울컥 화가 치밀었지만 참았다.

교수 방을 나오면서 이 더러운 마음을 어떻게 달래야 할지 감당하기 어려웠다. 하지만 물러서지 않았다. 학교를 다니는 동안 같이 입학한 동료들은 1년도 못 다니고 모두 그만두었다.

문빈 혼자만이 외롭고 힘겹게 6년을 다녀 수료증을 받았다. 증서의 일련번호는 경제학부를 다니던 분이 1번이었고 문빈이 2번이었다. 그 뒤로도 학업은 계속 이어졌다. 전남대 행정대학원에서 행정학 석사, 산업대학원에서 공학석사, 전남대 일반대학원에서 2년 동안 박사 학위 과정을 밟다가 동신대학교로 옮겨 일반대학원에서 도시·조경학박사 학위까지 받았다.

이렇게 열심히 거친 세상을 살아왔는데 누가 문빈에게 돌멩이를 던질 수 있겠는가. 참으로 부끄럽지 않고 떳떳하게 얻은 학위들이다. 유년 시절 사주보는 사람이 이야기한 것처럼 가난이 빚은 대학 공부를 늦공부로 마무리했다.

어려운 여건 속에서도 공직생활은 변함없이 계속되었다. 1980년대에는 외국인이 우리나라에서 부동산을 매입하려면 절차도 까다롭고 중앙부처 주무부 장관의 허가를 받도록 법으로 규정하고 있었다. 그것은 국제법상 상호주의 원칙에 따른 것이었다.

중앙부처로부터 위임을 받아 허가 신청이 있으면 반드시 현지 조사를 해서 처리해야 하는 사항이었다. 위장전입을 한다거나 부정한 방법으로 매입하여 투기성이 있으면 허가 대상이 아니었기 때문이었다. 어느 날 접수된 서류를 들고 현장으로 출장을 나가서 신청인을 만나고 조사와 면담을 했다.

허가에는 결격사유가 없었다. 돌아오면서 별다른 문제가 없으면 곧 허가될 것이라는 말을 남기고 현장을 떠나려고 하는데 주머니에 봉투를 넣어주었다.

"이게 뭐예요?"

"출장비에 보태세요."

"출장비 받아왔으니까 이거 필요 없습니다."

"먼 데까지 오셨으니까 받으세요."

"이러면 곤란합니다."

아무리 싫다고 해도 주머니에 넣어주는 신청인과 실랑이를 하다가 옆에서 사람들이 보고 있어 공무원은 이런 돈 받는 사람이 아니라고 크게 화를 냈다. 이런 짓을 하면 허가해 줄 수 없다고….

"선생님, 문제가 없으면 허가되니까 걱정마세요."
"그래도 이거 받고 잘 봐주세요."

공무원을 믿지 못하는 민원인이 얄밉고 거북스러웠다. 봉투를 주어야 만이 허가가 날 것이라는 불신이 불쾌하고 기분이 좋지 않았지만 어떻게 할 수가 없었다.

주머니에 넣어준 봉투를 받아와서 우편으로 돌려주려고 봉투 안을 보면서 깜짝 놀랐다. 그 속에는 한 달 월급 정도의 엄청난 금액이 들어있었다. 다음날, 현금을 등기 우편으로 반송하면서 몇 글자 메모를 적어 같이 보냈다.

검토해서 별다른 잘못이 없으면 허가될 거라고. 그리고 서류검토와 현장 조사 결과를 가지고 결재를 받아 허가증을 발송했다.

일주일 후, 구내식당에서 전화가 걸려 왔다. 시간 있으면 잠깐 뵙고 싶다고. 거절할 수가 없었다.

"허가해 주셔서 고맙습니다."
"적법하면 모두 허가해줍니다."
"암튼 고맙습니다."
"찾아오실 필요 없는데 괜히 오셨어요."
"너무 고마워서 왔어요. 돈은 안 받으실 것 같아서 집에 있는 그림 한 점 가져왔습니다. 이것도 거절하시면 저의 성의를 무시하는 것입니다. 받아주세요."

더 이상 거절할 수 없었다. 차 한잔 마시고 헤어지면서 세상에는 저런 사람도 있구나 하고 고마움을 느꼈다. 지금도 문빈의 방 한 귀퉁이에 그 사람의 정과 마음이 깃든 그림이 붙어 있다. 그 후로 몇십 년을 그분을 생각하면서 행복한 삶을 살았으면 하고 빌어 주었다.

그 일이 있은 뒤, 문빈은 승진하여 하급 기관으로 자리를 옮겼다. 중간 간부가 되면서 직장생활도 하루하루 편했다. 그러나 윗분들에게 요령 부릴 줄 몰라 아부 같은 걸 해본 적이 없지만 아래 직원들에겐 최대한 잘해주려고 노력했다.

공직생활을 하면서 중견간부들의 못된 행동을 보면서 느낀 것들을 자신은 절대 하지 않겠다고 각오했었기 때문이었다.

어느 군청에 근무할 때 과장이 자리에 앉아 있어 퇴근을 못 하는 36명의 직원들이 눈치를 보고 있던 시절이었다. 문빈은 6시가 되면 일단 사무실을 나갔다가 모두가 퇴근한 뒤 다시 들어와 밀린 일을 보곤 했다. 그때 시간이 되면 번개같이 나간다고 '땡전'이라는 별명을 얻었다.

그렇게 충실하게 근무를 하고 있을 때였다. 좋은 일 뒤에는 좋지 못한 일들도 뒤따라왔다. 삼연(三緣)이 있는 사람은 상급 기관에 자리가 생기면 재빠르게 돌아가곤 했지만 세

가지 연고가 하나도 없는 문빈은 올라갈 수가 없었다. 상급 기관에 갈 수 있는 사람은 일단 근무했던 사람을 먼저 배려하도록 규정에 명시되어 있었지만, 그것이 지켜지지 않고 있었다.

인사권자가 고향 사람이라고 데려오고, 혈족이라고 챙겨주고, 해서 연(緣)이 없는 사람은 발붙이기가 어려웠다. 속된 말로 '맨땅에 헤딩'을 해야 하는 서글픈 신세였다. 하급 기관에서 7년을 근무하다가 자리하나가 비어 있다는 소문이 들려왔다.

이번엔 쬐끔만 인연이 있으면 찾아가 간곡하게 부탁해서, 꼭 가족들이 살고 있는 상급 기관으로 와야 한다는 강박 관념이 생겼다. 한때 같은 사무실에서 근무했던 사람이 인사권자의 비서실장을 하고 있어 지푸라기라도 잡는 심정으로 그분을 만나 사정해 보기로 마음을 먹고 그의 집 문 앞에서 올 때까지 기다려서라도 부탁을 하고 싶었다.

비는 보슬보슬 오는데 그분의 집 처마 밑에서 서성거리기를 서너 시간, 처마 끝으로 흐르는 낙숫물이 옷을 적시고 으스스 춥기 시작했지만, 이번에는 옷소매라도 붙들고 애원해 보고 싶었다. 밤 12시가 가까워지자 기다리던 그분이 차에서 내렸다.

"자네가 여기 왜 있어?"

"실장님 도움을 받고 싶어서요."

"무슨 도움?"

"이번에 제가 올라올 수 있는 자리가 하나 비었다고 해서 도와주셨으면 해서요."

"아니 내가 그럴만한 힘이 없어. 인사권자가 알아서 할 거야."

"윗분한테 말씀 좀 해주시면 안 될까요."

"나는 그럴 능력이 없네. 비오니까 빨리 집에 가소."

너무나 서운하고 화가 나기도 해서 눈물이 울컥하고 쏟아질 것 같았다. 혈연도, 지연도, 학연도 없는 벌거숭이의 아픔이라고 생각했다.

그 뒤 일 년이 지날 때쯤 올바르게 인사행정을 하신 인사권자를 만나 상급 기관으로 발령을 받아 근무할 수 있었다.

문빈은 정년 5년을 남겨두고 명예퇴직을 하기로 마음을 먹었다. 그렇게 해야 아랫사람들이 줄줄이 승진할 수 있었기 때문이다. 명예퇴직을 신청한 다음 날부터 태어나서 퇴직할 때까지의 삶을 뒤돌아보며 기록으로 남기고 싶었다.

한 달이라는 시간은 빠르게 흘러갔지만, 글을 쓰면서 보낸 시간은 갑갑할 만큼 천천히 지나갔다.

「가물 때는 비가 되어」이 글을 마지막 쓰고 책으로 발간되기까지는 아픔이 많았다.

복 없는 사람은 항상 운도 따라주지 않았다. 문빈보다 6개월 전에 퇴임한 사람들은 거창하게 퇴임식도 했는데, 그는 김대중 대통령 임기가 시작되면서 퇴임식을 하지 말라는 지시가 있어 공직생활의 마무리를 너무도 쓸쓸하게 보내야 했다. 그래도 명예 퇴임을 한다고 현직 서기관에서 부이사관의 임명장을 받고 퇴직하는 것이 영광스럽기도 했다.

조기 퇴직은 자신이 생각해도 매우 잘한 일이라고 생각했다. 마지막 근무를 끝마치고 그럴듯한 인사말 한마디 없이 쓸쓸하게 직원들과 헤어짐이 무척 아쉬웠다.

"과장님, 집에까지 모셔다드릴게요."

"괜찮아, 혼자 걷고 싶네."

"그래도 너무 서운해서요."

"마음은 고맙게 받아들이겠네."

이게 뭔가 싶었다. 인생을 다 바쳐 일한 뒤끝이 왜 이리 허무하단 말인가!

사무실에서 일도 성실하게 잘하고 인성도 좋았던 여직원이 저만치서 이별의 아쉬움을 꾹 참고 있는 것 같았다. 직원들의 동행을 거절하고 정이 들었던 사무실을 나와 거리를 무작정 혼자 걷고 있었다. 해가 서쪽 하늘로 넘어가면서 거리는 어두워지고 가로등이 켜지면서 도심은 환하게 밝아지고 있었지만 앞으로 어떻게 해야 할지 무거운 마음으로 머릿속이 꽉 채워졌다. 이제 새로운 세상에서 살아야 한다. 아직 나이가 젊으니까 무슨 일이라도 해야 할 것 같았다.

3

 퇴임 후, 갑자기 할 일이 없어졌다. 플라스틱 물 한 통을 차에 싣고 깊은 산속으로 들어가 몸에 찬물을 끼얹고 편히 쉬면서 과거를 회상해 보았다.
 인생길을 걸으면서 잘못한 일은 없었는지 남을 괴롭힌 일은 없었는지….
 그렇게 1년을 쉬고 인생 2라운드에 접어 들어갔다. 우선 작은 사무실을 임대하여 책상 두 개와 전화를 놓고 설계, 감리용역 간판을 걸었다. 하지만 경험도 없이 시작한 사업은 새로운 도전이었으며 엉킨 실타래처럼 풀리지 않고 지지부진했다.

아침에 출근하면 멍하게 밖을 쳐다보다가 점심때가 되면 자장면 한 그릇 시켜 먹고 혼자 덩그렇게 앉아 있다가 집으로 돌아오곤 했다.

기존 업체와 공무원들의 뗄 수 없는 끈끈한 연결고리로 묶어져 있어 모든 일감이 그쪽으로 배정되고 있었다. 그 틈새를 비집고 들어간다는 것은 낙타가 바늘구멍을 통과하는 것보다 더 어려웠다.

어느 날 공무원으로 재직할 때 알고 지내던 사람으로부터 전화가 왔다. 구례군에 310만 원짜리 적은 일감이 있으니까 찾아가 보라고 했다. 이백 리 길을 승용차를 몰고 달려갔다. 사업체를 등록하고 일 년 만의 일이었다.

담당 부서를 찾아가면서 처음 하는 일감이니까 잘해보려고 울렁거리는 마음을 진정시키고 실무자 앞에 섰다. 그는 부서의 최하위 직원이었다.

"무슨 일로 오셨어요?"

"이곳 부군수님이 말씀해서 왔는데요."

"아~ 설계 문제로 오신 건가요?"

"그렇습니다."

"우리 군에도 업체가 있는데 왜 먼 데까지 왔어요?"

"그렇게 됐습니다. 잘 좀 봐주세요."

계약을 하는데 처음부터 쉽게 풀릴 것 같지 않다는 느낌을 받았다. 문빈은 상급 기관에서 중간 간부까지 했는데 자존심이 무너지고 있었다. 그래도 윗분이 소개한 일감이라 계약을 체결할 수는 있었다.

그러나 일을 시작해서 끝날 때까지 온갖 이유를 들어 괴롭히고 부서에 주는 일정 금액의 고마움을 표시하는 마음도 등기로 돌려주는 바람에 두 배 이상 다시 주고 마무리할 수 있었다.

일을 하는 동안 아무런 이유 없이 먼 곳까지 불러대는 바람에 일이 끝나고 결산을 해보니까 계약금액보다 두 배 이상 엄청난 경비가 더 들어갔다. 하지만 한 가지 소득은 있었다. 앞으로 어떻게 사업을 꾸려나갈지 경험치가 생겼고 이제 시작이라는 긍정적 의미를 부여했다.

공무원이란 두 부류가 있다. 업무를 처리할 때 긍정적으로 방향을 잡는 사람과 부정적으로 생각하는 사람, 그들을 상대하면서 속이 상할 때가 한두 번이 아니었다.

그렇게 4년을 운영하다 보니 사업에 어느 정도 자신감이 생겼다. 도시계획, 환경, 설계 등 필요한 부서를 조직하고 능력 있는 직원을 채용하면서 사무실도 큰 면적으로 옮겨 제대로 된 사업을 하기 시작했다. 드디어 문빈에게도 행운이 찾아왔다. 공직생활을 하면서 성실하게 살았던 보상을 받는 것이라고 생각했다.

전국적으로 입찰에 응찰하면서 낙찰되기 시작했다. 충남 보령, 강원도 속초, 경북 울릉, 경남 하동 등 굵직굵직한 일들이 낙찰되면서 사업을 살찌게 만들었다. 사무실 직원들도 모두가 좋아했다. 여름과 겨울 회사 마크가 새겨진 제복도 한 벌씩 맞추어 입고 현장 일을 열심히 뛰는 모습들이 대견스러워 보였다.

한해에 엄청난 사업 이익을 올려 직원들 상여급도 충분히 주었다. 문빈은 한 가지 느낀 것이 있었다. 사람이 아무리 돈을 벌려고 해도 안 된다는 것을…. 돈이 사람을 따를 때 부(富)를 축적할 수 있다는 심오한 이치를 깨달았다.

관급공사가 대부분인 설계, 감리일은 공무원들과 돈독한 유대를 가져야 했다. 그리고 사업도 여러 분야의 사람들을 잘 요리해야 하는 요령도 있어야 했지만 문빈에게는 그런 것들이 부족했다. 사업하는 사람들 중에는 생존경쟁에서 살아남기 위해 상대방을 무너뜨리고 일감을 빼앗아 가는 살벌한 사회였다. 어렵게 버텨온 사업체가 풍전등화가 되었다.

2~3년간 적지 않은 돈을 벌었지만, 문빈이 하는 사업이 잘된다는 소문이 떠돌았는지 업체가 3배로 늘어나기 시작했다. 일감은 적어지고 업체는 늘어나고 사업은 하향곡선을 그리기 시작하면서 살아남기 위해 새로운 일감을 발굴해야 했다. 하지만 언제나 어려움을 극복하고 일어섰던 자신을 생각하며 다시 열심히 뛰었다.

　사업을 하면서 복잡한 머리도 식힐 겸 금강산 여행을 하게 되었다. 처음 갔을 때는 그곳을 감시하던 북한 사람들이 상부의 지시가 있었던지 남한 관광객과 말을 주고받지 않았다. 그러나 네 번째 갔을 때는 남북관계가 느슨해지면서 감시원들과 서로 말을 주고받을 수도 있었다.

　그날 몸이 불편한 문빈은 일행과 같이 산행할 수 없었다. 출발지점에서 기다리기로 하고 아름다운 금강산을 먼발치에서 바라보아야 했다.

　한참을 기다리고 있는데 검은 옷을 걸쳐 입은 북한의 감시원이 문빈 곁으로 다가왔다. 무슨 말을 하려는지 궁금했다. 그 사람은 한 눈으로 보아서 선한 인품을 가진 사람으로 보였다.

"왜 산행을 안 하시고 여기에 계십니까?"
"몸이 불편해서 쉬려구요."

"그럼 저기 의자에 앉아서 쉬세요."

"고마워요."

주위에는 오가는 사람도 없었다. 문빈은 말을 걸어온 감시원과 많은 대화를 나누었다. 그는 우리와 같은 동포가 아닌가.

"여기 근무하신 지 오래됐어요?"

"3년쯤 되었습니다."

대부분의 감시원들은 남한 관광객과 말을 섞지 않으려고 하는 것이 통상적인 현실이었다. 그러나 이 사람은 무언가 다른 사람이라고 생각되었다. 자세히 보니 그의 손에는 책이 들려 있었다. 무슨 책인가 궁금했다. 얼핏 보아서는 책의 종이 질이 형편없었다.

"책 읽는 거 좋아하세요?"

"네. 즐겨 읽습니다."

"저도 책 읽기를 좋아합니다. 혹시 방랑시인 김삿갓 알아요?"

"잘 알고 있지요."

"저도 그분을 무척 좋아합니다. 김삿갓이 금강산을 주제로 많은 시를 남겼지요."

이렇게 이야기를 하면서 평소에 알고 있던 시 한 편을 소개했다.

송송백백 암암회(松松白白 岩岩廻)
수수산산 처처기(水水山山 處處奇)
소나무와 잣나무, 숲과 바위를 돌아오니
물이면 물 산이면 산 곳곳이 기이하여라

 시 한 편에 마음이 움직였을까? 감시원의 얼굴이 밝아졌다. 문빈은 우리 민족은 단일 민족으로 같은 동포이며 남쪽이나 북쪽이나 한민족으로 미워하지 않고 경제 발전을 위해서 노력하자고 말했다.
 "우리의 적은 남한이나 북한이 아니고 이 땅을 36년간 지배했던 일본입니다."
 "맞아요. 그들은 언제나 경계해야 할 무서운 적입니다."
 많은 이야기를 주고받으면서 친숙해진 것 같았다. 그러면서 자기 아버지의 고향이 전라도 광주라고 하면서 통일이 되면 반드시 찾아가서 형님으로 모시겠다며 친근감을 표시했다. 그와 유익한 대화를 나누면서 역시 우리는 같은 동포라는 것을 가슴으로 느꼈다.
 금강산 관광여행을 마치고 직장으로 돌아왔다. 이제 나이도 먹을 만큼 먹었고 사업도 후손에게 물려줄 때가 된 것 같왔다. 그동안 큰딸과 사위가 사업에 대한 충분한 능력을 갖추었다. 그리고 일 년 후 사업체는 미련 없이 물려주었다. 지금부터 마지막으로 하고 싶었던 글을 써봐야겠다는 생각을 했지만 쉬운 일은 아니었다.

석사 논문 2편, 박사 논문 1편 그리고 가시밭길을 뚜벅뚜벅 걸어오면서 애환을 그려놓은 내가 살아온 길 두 권의 책은 부끄럽지만 자화상의 그림 속에 담고 싶은 심정이다.

그리고 공무원을 퇴직할 때 썼던 『가물 때면 비가 되어』를 읽고 또 읽고 하면서 더 좋은 글을 써보려고 했지만 자신감이 없었다.

그러던 어느 날, 평소 잘 알고 지내던 지인이며 문단 활동을 하고 있는 분을 만나게 되었다. 그분은 퇴직 때 쓴 책을 잘 읽었다고 하면서 그 정도 글을 쓰면 앞으로 좋은 글을 쓸 수 있다고 글쓰기를 적극 권유했다.

사람이 이 세상에 태어나면 흔적을 남기고 가야 한다면서 그러려면 글을 쓰는 것만큼 좋은 것이 없다고 했다.

"문형, 글쓰기 한번 해봐요."

"자신 없어요."

"누구는 배 속에서 나오면서 글을 쓴다요. 열심히 하면 쓸 수 있어요."

"유명한 작가가 쓴 글만큼 좋은 글을 쓰지 못할 바에야 시작하지 않겠습니다."

그분으로부터 5년이라는 세월을 끊임없이 글쓰기를 권유받았으나 아무리 생각해 보아도 그것만은 안 될 것 같았다.

"문형, 오늘 만날 수 있어요?"

"왜요?"

"내가 문형 글 중에 한편 골라서 약간 수정했으니까 만나서 검토해 봅시다."

그를 만난다는 것이 어쩐지 탐탁지 않았으나 진심으로 말하는 것을 거절할 수가 없었다. 어느 조용한 식당에서 만나 점심을 먹으면서 수정할 부분을 설명하는데 마음에 들지 않았다.

"꼭 저를 등단시키고 싶다면 원고 그대로 출판사로 보내지요."

"그럼 그렇게 해요."

이렇게 해서 인생 3라운드가 시작되었다.

그런데 문제가 생겼다. 출판된 책에는 원고에 있는 글을 세 줄씩 두 군데가 빠져 버렸다.

문맥이 통하지 않아 사람들이 읽으면 이해하기 곤란한 부분이 생긴 것이다. 출판사를 찾았다.

"사장님, 몇 줄씩 누락되면 출판사도 문제가 되겠지만 글을 쓴 사람도 자질 문제가 발생할 텐데 어떡하죠."

"이미 출판되어 버렸으니 어쩔 수 없습니다."

"인쇄비가 들어가도 다시 출판해야 하는 것 아니에요?"

그날 출판사 사장과 입씨름을 하다가 잘못된 부분을 그대로 두기로 결론을 내렸다. 하지만 마음속에는 풀어질 수 없는 갈등으로 오래오래 남아 있을 것 같았다.

어처구니없는 일이지만 어쩔 수 없었다.

다음부터는 원고를 내지 않으면 된다고 생각했다. 이왕 글을 쓰려면 서울의 저명한 문학단체에 등단하기로 마음먹었다. 그 후로 한국수필에 등단하였고, 한국문인협회도 가입하여 문인활동을 해 오고 있다.

이렇게 글 쓰는 일을 계속하면서 지금까지 330편의 시와 120편의 수필, 11편의 중편 소설과 한 편의 장편 수기 소설을 남겼다. 그러나 많은 작품을 썼지만 마음에 쏙 드는 글을 쓰지는 못했다.

문빈이 문단에 들어와서 보니 글을 쓰는 작가들의 거의 모두가 자기가 쓴 글이 최고라는 아집을 가지고 있었다. 아주 비위가 상하고 겸손하지 못한 짓이라고 생각했다.

그러나 스티븐 킹의 말처럼 "쓰기 싫어도 계속 써야 한다.

그리고 때로는 형편없는 작품을 썼다고 생각하는데 결과는 좋은 작품이 되기도 한다."

이제 문빈은 그 말을 믿고 생명이 끝나는 날까지 열심히 글을 쓸 것이다. 그가 쓴 글들은 대부분 논-픽션(nonfiction)이고, 인생길을 걸어오면서 체험을 통해서 얻은 이야기들이다.

앞으로 자연의 숲속에서 유유자적하며 글을 벗 삼아 생각나면 한 편 한 편 쓸 생각이다.

한여름 숲에 쏟아지는 빗소리, 엄동설한 추운 겨울에 포근하게 내리는 함박눈, 숲속 나무들 사이로 날아다니면서 노래하는 아름다운 산새들, 하늘에 두둥실 흘러가는 구름, 세찬 바람에 소나무 가지 부러지는 소리, 높은 하늘에서 아스라이 숲을 비추는 차가운 별빛, 보름이 되면 휘황찬란하게 동쪽 산 위로 떠오르는 보름달, 산장에서 키우는 반려견 노을이가 칠흑 같은 밤에 밝은 눈으로 산짐승들의 움직임을 보면서 짖어대는 숲속의 밤, 이 모든 것이 나의 벗들이다.

문빈은 인생길을 힘들게도 살아보고 즐겁고 행복하게도 살아보았다. 딸 둘에 아들 하나를 두었지만 모두 잘살고 있다.

본인도 청년기에는 말할 수 없이 고생스러웠다. 그러나 사회생활을 하면서는 풍족스럽지는 않지만, 주머니에서 돈은 떨어지지 않고 지금까지 살아왔다.

그것은 남에게 해 끼치지 않고 정직하게 살아온 삶에서 자식들과 자신의 행복을 찾을 수 있을 것이다.

그는 연극이 끝나고 장막 뒤로 사라지는 배우처럼, 죽음을 앞두고 자화상 한 폭을 슬그머니 미소 띠며 그려본다.

이제 늙은 얼굴에는 죽음의 꽃, 검버섯이 여기저기 피어나고 얼마나 남았는지 모를 삶 앞에 늘 겸손해진다.

여기까지 문빈이 그린 자화상은 나름, 사실대로 진솔하게 그렸지만 화폭에 담아놓고 보니 어설프다. 하지만 그래도 뿌듯하다.

서재 앞에 버티고 서있는 100년 된 느티나무 한 그루, 겨울 북풍에 잎은 거의 떨어지고 몇 잎 붙어 있는 나뭇잎이 자신을 닮은 것도 같아 가슴 밑바닥이 서늘해진다.

평설

일상적 이야기에서
삶의 의미 찾기

―문수봉 소설집 『영혼을 잃어버린 남자』에 대해

문순태(소설가)

[평설]

일상적 이야기에서 삶의 의미 찾기

―문수봉 소설집
『영혼을 잃어버린 남자』에 대해

문순태(소설가)

 작가 문수봉이 83세 고령에 세 번째 소설집을 출간한다고 하니, 노익장의 문학적 열정과 치열한 작가정신에 놀랄 따름이다. 작품의 완성도나 문학적 깊이에 대해 논하기에 앞서 그의 치열한 작가정신과 왕성한 창작욕에 갈채를 보내지 않을 수 없다.
 작가 문수봉은 오랜 공무원 생활을 마치고 70대 초반에 들어서야 늦게 문학의 길을 걸어왔다. 문수봉 작가는 10여 년 전부터 산속에 서재 장산제를 짓고 그곳에서 자연과 함께 생활하며 오로지 창작에만 전념해오고 있다. 그동안 출간한 저서를 보면 장편소설 『따이한의 사랑과 눈물』을 비롯해서 단편집 『삿갓배미의 사랑』 『사랑과 죽음의 사잇길』 외에, 시집 3권과 에세이집 3권을 펴내는 등 왕성한 작품활동을 해왔다.

 필자는 오래전에 장편소설 『따이한의 사랑과 눈물』을 읽은 적이 있다. 그가 파월 장병으로 참가해서 직접 체험한 베트남 전쟁을 소재로 쓴 이 작품은 사실적인 문장으로 전쟁의 비극을 생생하게 그려내는 데 성공했다. 특히 이 소설에서는 생과 사의 갈림길에 있는 비인간적인 극한 상황 속에서도 눈물겨운 사랑을 통해 휴머니즘 넘치는 인간승리의 참모습을 잘 보여주었다.

 이번에 출간된 문수봉의 세 번째 소설집 『영혼을 잃어버린 남자』는 삶의 심층적인 내면을 통해 주제를 보여주는 대신, 작가의 체험적인 삶을 이야기 중심으로 담담하게 풀어나가고 있다. 소재가 일상적 삶의 이야기이기 때문에 다소 진부하고 통속적이라는 말을 들을 수도 있겠지만, 우리 주변에서 누구나 겪을 수 있는 흔한 이야기를 부담 없이 평면적으로 재미있게 서술하고 있다는 점에서 긍정적인 평가를 할 수밖에 없다.

 먼저 표제 작품인 중편소설 「영혼을 잃어버린 남자」를 보

자. 동현은 유부남인 민우가 같은 직장 내 여직원 정아와의 스캔들 소문을 듣고 놀라게 된다. 결국 민우는 이혼을 하고 그 여직원과 재혼한다. 그로부터 40년의 세월이 흐른 후, 동현은 문학동아리에서 우연히 민우의 전처인 선옥을 만나게 되는데, 그녀는 전남편과 헤어지고 결국 혼자 살고 있다는 것을 알게 된다.

그 후 동현은 선옥에 대해 연민을 느껴 자주 만나게 되고 가까워진다. 동현은 선옥에게 마음이 끌리게 되어 마지막 인생에서 그녀를 행복하게 해주겠다고 약속한다. 5년 동안 그녀를 행복하게 해주겠다고 약속한 동현은 선옥과 함께 숲속 산장에서 손님 접대할 때나 산장 가꾸는 일 등을 도와주면서 골프를 치고 여행을 하며 즐겁게 살아간다. 선옥은 "지금까지 꿈속을 헤매면서 살아온 것 같다면서 이 행복이 죽을 때까지 이어지기를 바란다."고 말한다. 약속한 5년의 세월이 지나자 선옥은 자신이 묻힐 가묘를 만들어 '수필가 이선옥의 묘'라는 묘비까지 세우고 이별하게 된다.

이 소설의 주제는 무엇인가. 이 소설에서 작가가 전달하고자 하는 중심적 메시지가 무엇인가 생각해 보았다. 남녀관계에서 진정한 행복 찾기인가, 아니면 사랑과 이별이라는 통속적인 이야기에서 어떤 새로운 의미를 찾으려고 한 것인가. 작품의 문학성을 생각할 때 우리는 구성의 논리성과 탄탄함과 함께 묘사와 문체의 밀도를 들여다보는 것은 물론, 등장인물들의 갈등 구조나 작가가 전달하고자 하는 중심적 메시지에 대해 생각하지 않을 수 없다.

그렇다면 이 작품의 주제는 행복 찾기에 가깝고, 행복은 자연 속에서의 심리적 안정이라는 것을 생각하지 않을 수 없다. 이 작품을 읽으면서 사랑이라는 포괄적 의미는 무엇이며 궁극적으로 인간의 행복이란 또 무엇인가에 대해 끊임없이 반문하게 한다.

단편소설 「허공 속의 메아리」 역시 직장생활이라는 제한적인 공간 안에서 벌어지는 일상적 삶의 이야기로, 특별한 내적 갈등 없이 만남과 헤어짐의 과정을 수채화처럼 담담하게 그리고 있다. 같은 공간과 환경 안에서도 사람은 운명적으로 서로 다른 길을 갈 수 있음을 암시하고 있다.

또한 「제3의 욕심」은 한동네에서 자란 친구 같은 형 수민과 수빈의 성장 과정에서부터 사회생활과 결혼에 이르기까지 우리 주변에 흔히 있을 수 있는 이야기를 다루고 있다.

「얄궂은 인연」에서는 인간이 겪어야 하는 아픔과 슬픈 인연을 진솔하게 그려나간다. 그리고 「야자수에 가린 달빛」은 베트남 참전용사의 이야기로 정글 속에서의 생과 사의 긴박한 현실을 실감 나게 그렸다. '야자수에 가린 달빛'은 작가 자신이 월남전에 참전한 경험을 토대로 생과 사의 긴박감이 상존하는 정글이라는 특수한 소설적 공간을 생생하게 살려내고 있다.

작가의 월남전 참전 경험은 일찍이 작가의 장편소설 『따이한의 사랑과 눈물』을 통해 충분히 소화해냈다. 그리고 작가의 이 같은 경험은 이번 소설집에 실려 있는 단편소설 「자화상」에서도 잘 드러나고 있다. 작가 자신 삶의 기록이라고도 할 수 있는 '자화상'은 문빈이라는 인물을 통해 유년 시절부터 시작하여 83년을 살아온 과정을 작가 자신의 삶을 구체적이고도 사실적으로 투영하고 있다.

이 소설에서 주인공 문빈은 1950년대부터 현재까지 비극적인 한국사의 중심을 관통하고 있다. 광복의 기쁨도 잠시 남북분단과 함께 1950년 비극적인 6·25전쟁을 겪고, 4·19와 5·16군사 쿠데타의 엄혹했던 시절 최루탄 가스를 맡으면서 성장한다. 고등학교를 졸업한 후 입대한 문빈은 월남전에 참전하여 죽을 고비를 겪었으며 제대 후에 공무원이 된다.

50대에 이르러 가난 때문에 중단했던 대학 진학을 하는 등 학업을 계속하여 도시. 조경학박사 학위까지 취득하게 된다. 그 후 도청 중견 간부직에서 명예퇴직한 그는 개인사업을 시작하여 어느 정도 성공을 거두자 평소 갈망해 왔던 문학에 입문하여 창작생활로 말년의 행복을 누리게 된다.

"서재 앞에 버티고 서있는 100년 된 느티나무 한 그루, 겨울 북풍에 잎은 거의 떨어지고 몇 잎 붙어 있는 나뭇잎이 자신을 닮은 것도 같아 가슴 밑바닥이 서늘해진다."는 이 소설의 마지막 문장이 가슴을 울리며 여운으로 남는다. 80객이 된 작가 자신을 "몇 잎 붙어 있는 나뭇잎"에 비유하고 있는 그의 외롭고 허허로운 마음을 충분히 읽을 수 있기 때문이다.

작가의 말에서 "문학성보다는 체험을 통해 얻은 삶의 희로애락을 친구에게 이야기하듯 그려본 것."이라고 밝혔듯이 이 소설집에 수록된 6편의 소설들은 작가가 83년을 살아오면서 체득했던 삶의 철학적 의미를 소설이라는 형식을 빌어서 담담한 심정으로 인생 고백을 하고 있는 것인지도 모른다. 그러나 단순한 체험적 이야기를 단순히 평면적으로 나열

해 놓은 것이 아니라, 사려 깊은 통찰력과 냉정한 삶의 성찰을 통해 체득된 인생의 철학적 의미까지도 파악하려고 애쓴 흔적이 역력하게 보인다. 뿐만 아니라 체험적 이야기를 단순히 시간의 흐름 따라 의미 없이 전개한 것이 아니라, 나름대로 문학성 획득이라는 과제를 염두에 두고 철저하게 소설적 형식을 갖추었다는 점도 매우 긍정적으로 생각하고 싶다.

작가는 수록된 6편의 작품에서 소설이 갖추어야 할 기본적인 요소는 물론 스토리, 인물, 공간이라는 구성의 3요소를 결코 간과하지 않고 있다는 점을 평가하고 싶다. 풍부한 체험적 이야기에 창조된 인물이나 실재적 공간을 균형에 맞게 적절히 배치하고 있음을 알 수 있는 것이다.

특히 소설의 주제에 맞게 인물을 선택하여 전체가 동일 인물의 스토리 전개가 아니라 각기 개성적 특성을 잘 살려내고 있음을 확실하게 보여주고 있다.

아무튼 83세의 고령임에도 불구하고 다양한 어휘와 밀도 높은 문체, 고도의 시간적 집중을 필요로 하는 중단편 소설을 6편이나 완성시켰다는 점을 높이 평가하면서 작가의 치열한 문학정신 앞에 머리를 숙인다.

영혼을 잃어버린 남자

문수봉 지음

발행처	도서출판 청어
발행인	이영철
영업	이동호
홍보	천성래
기획	육재섭
편집	이설빈
디자인	이수빈 l 구유림
제작이사	공병한
인쇄	두리터

등록　1999년 5월 3일
　　　(제321-3210000251001999000063호)

1판 1쇄 발행 2025년 6월 30일

주소　　서울특별시 서초구 남부순환로 364길 8-15 동일빌딩 2층
대표전화　02-586-0477
팩시밀리　0303-0942-0478
홈페이지　www.chungeobook.com
E-mail　ppi20@hanmail.net

ISBN　979-11-6855-353-8(03810)

이 책의 저작권은 저자와 도서출판 청어에 있습니다.
무단 전재 및 복제를 금합니다.